中国诗学

诗词名家讲

第二辑

吴战垒——著

东方出版中心

图书在版编目（CIP）数据

中国诗学 / 吴战垒著. —上海：东方出版中心，2021.9
ISBN 978-7-5473-1888-1

Ⅰ. ①中… Ⅱ. ①吴… Ⅲ. ①诗学－研究－中国 Ⅳ. ①I207.2

中国版本图书馆CIP数据核字（2021）第180402号

执行主编 陈 斐
出版统筹 梁 惠
责任编辑 张淑媛
装帧设计 陈绿竞

中国诗学

著　　者 吴战垒

出版发行 东方出版中心
地　　址 上海市仙霞路345号
邮政编码 200336
电　　话 021-62417400
印 刷 者 上海盛通时代印刷有限公司

开　　本 890mm×1240mm 1/32
印　　张 7
字　　数 138千字
版　　次 2021年10月第1版
印　　次 2021年10月第1次印刷
定　　价 45.00元

序

战垒兄的《中国诗学》完成，嘱我写几句，相交几十年，却之不得；但我对中国传统文化发言权甚少；并非不爱，只是觉得光是“爱”，还谈不到“学问”。前两年有人问我要不要做一点中国学问，我笑而答道：“谈何容易！”我对中国传统文化，只是“心向往之”，有时也发一点议论，更无多少学识可言，这里写的，也只是些借题发挥的话罢了。

战垒兄专做中国传统的学问，我则长期从事西方哲学的研究工作，我们从年轻时相识，数十年来虽地处南北，但却称得上至交好友，常文字交往，相得益彰，可见“学”虽分中西，但做学问的道理却有许多相通之处。

我认识战垒时，他正从夏承焘先生研究诗词，可能是听到夏先生说到我当时写的一篇讲书法的小文章，就跟我联系起来。夏先生一代词家，战垒得其传授，于中国诗词文学自有深厚的功力，为开眼界，也常读一些哲学、美学方面的书籍，所以他的文章，不但文采斐然，而且每有新意。书中发挥闻一多“诗”“志（誌）”关系之说，使我联想到“诗”“史”关系。盖“史”亦“志（誌）”也，即把“事”“记述”下来。

当然，“诗”之为字，当晚于“史”，不见甲骨、金文。“诗”，“寺”声，“言”意。造“诗”字时必已有“寺”字在，而古文“寺”即“持”，为“保持”“存留”之意；古文“言”“音”为一。“诗”为“音”中之“言”，所以最初的“诗”是“说”或“吟”“唱”出来的。

奇怪的是西方古代的“诗”字，似乎跟“说”（吟、唱）没有多少关系，尽管实际上古希腊之叙事诗同样也是“吟”“唱”出来的。古代希腊文的“诗”为“πόιημα”，由动词“ποιέω”变来，而该词最基本的意思为“做”。这反映出，中西古代在“诗”的理解上有一个很大的不同：中国重“说”，西方重“做”；在中国“诗”为“言”之一种，而在西方则为“行”之一种。这样，我以为，在西方，“诗”（πόιημα）原本是一种“表演艺术”，重在“行动”“动作”“表演”——当然这里就包括了舞蹈、音乐的成分在内。西方远古的所谓叙事诗，可能是由一个“演员”兼“演”各种角色并连带代表“诗人”“作者”描述故事背景的一种表演艺术。只是最初因一人演，动作可能比较简单，后来演者增加，于是就成了“戏剧”，而“戏剧”（δρᾶμα）一字在古代希腊亦是动词“动作”（δράω）变来。

古代希腊当然也有与“说”有关系的字，那就是那个赫赫有名的“λόγος”（逻各斯）。此字由最初“采集”“归类”“综合”衍变为“说”，但它似乎与“诗”无关，而倒是“哲学”的中心概念。这个字以后在西方哲学中的重要地位，是大家都知道的；但在古代希腊，“λόγος”与“哲学”的结合，似乎有一层意思：只有“哲学”才是“纯粹的”“说”。想苏格拉底当年，一群青年人围着他在集市上转，七嘴八舌，滔滔不绝地“说”个没完。“哲学家”成了“光说不练”的人。西方这个传统，现在他们自己有些人也很反对，批评它是“逻各斯（逻辑）中心论”，而“逻各斯中心论”也就是“语言（音）中心论”，批评的就是那些“光说不练”的人。

的确，西方自古代希腊出现了“光说不练”的人之后，就把这种事当作了最高的“学问”，而瞧不起那些又说又练的人和事。柏拉图的《理想国》就反映了这种偏见。所谓“哲学王”就是要“光说不练”的人为“王”，来治理各种等级的“练家子”。

中国古代没有分出一部分人来“光说不练”，没有“纯粹的”“说”的“哲学”。并不是说，中国古代就没有脱离实际、光说空话的人，而是说，那时候并没有一门“学问”，只能“说”，不能“练”。“说”也是“诗意地”“说”，而不是“哲学地”“说”。中国古代的“诗”，融“哲理”“历史”与“人生”于一体，“诗”与“思”和“史”是融会贯通的；“言”与“行”本是人的完整的活动不可或缺的部分。“诗”是人生的写照，也是人生的部分。西方古代的理想是要“人”“思想地（哲学地）存在着”，中国古代的理想则不是要“人”“道德地存在着”（儒），就是要“人”“诗意地存在着”（道）。“诗意地存在着”不是“空灵地存在着”；比起“思想地存在着”来，“诗意地存在着”要实在得多。“思想者”（在西方传统中为“哲学家”）用抽象的“概念”，而“诗人”则用活泼生动的情感；诗的语言不是抽象的概念，不是光能“说”，而是可以“吟”、可以“唱”，亦可以当“动作”（舞蹈）。诗的语言是生活的语言，而生活的语言就不是“只能”“说”的“纯粹的”“语言”。当然，诗的语言也要专门下功夫来锤炼，但锤炼诗语来源于加深生活的体验。中国历代诗家为我们奉献了许许多多“千古佳句”，这些佳句不是抽象的“真理”，而是诗的“真意境”“真境界”。“真意境”不但具有“历时性”，而且也有“共时性”，只是这种“共时性”不像索绪尔讲的语词概念记号，即不是那种抽象的“共时性”，而是生活的、现实的“共时性”，有点像黑格尔的“具体共相”。

读诗不是读自然或历史教科书，但也可以获得深刻的对历史和对自然的体验。在灯火辉煌的现代城市住得太久，几乎忘记了“月亮”的存在，无数诵月之作，“提示”我们“月”的存在、“月”的美，提醒我们“月”仍是我们这个“世界”的一部分。“诗”“表志（誌）”着“什么”，“记载”着“什么”，“标志”着“什么”。

那么，这个“什么”又是“什么”？难道光是“月亮”？如果要能用一个或一批（成系统的）“概念”将其“传授”（告知）给“别人”，则何劳历代诗家不断地呕心沥血反复“说”“它”；又何劳西方历代“思者”（哲学家）不断绞尽脑汁建构各种哲学体系来“说”“它”？战垒兄在书中说那种“意义”（意味）不要想以作为记号的语词来说尽它，这是知言；但这个“什么”、这个“意义”倒也不很神秘高深，其实就在生活之中；它虽不仅是“月亮”，但却就在“月亮”之中，在高山流水之中，也在高楼大厦、机器厂房之中，只是要自己去体会，而别人只能“提示”给你，不能“传授”给你。

说来惭愧，尽管我认为“诗”是那个“什么”的一种最好的“提示者”，但我自己不会作诗，也记不得多少诗；当时，或对那个“什么”有点体会，却都化为滔滔不绝的“议论”。

也许正因为这个缘故，我羡慕、佩服、敬重、也有点忌妒那些会作诗、能吟诗、能体会诗的人，战垒就是这样的人。

叶秀山

1990年7月6日

于中国社会科学院哲学研究所

目录

诗是什么？

诗的催生剂

诗歌是一门古老的艺术，它的产生比文字还早，差不多与语言同龄。当原始人感到某种情感在心中激荡而无法抑制时，便纵情地呼号或嗟叹，这就是原始的诗歌。它虽然缺乏明确的表达性内容，却带有强烈的情感色彩。可以说，情感从一开始就是诗歌的催生剂。

从中国上古的情形看，诗与歌是有分别的，大约说，歌是抒情的咏叹，而诗是记诵的史实。《说文》："歌，咏也。从欠，哥声。"古文"哥"即"歌"字，《史记》《汉书》等史籍中还用"哥"为"歌"字。如《史记·燕召公世家》："召公卒，而民人思召公之政，怀棠树不敢伐，哥咏之，作《甘棠》之诗。"《汉书·艺文志》："哥永言。"《新唐书·刘禹锡传》："屈原作《九哥》。”据闻一多考证，“歌”就是现在的“啊”字，二者都从“可”，陪声，古音略无分别。这孕而未化的语言，便是音乐的萌芽。[1] 歌的本质是以声抒情，而诗则与志相关，《说文》：“诗，志也。”其实“诗”与“志”原是一个字。闻一多认为“志”有记忆、记录、怀抱三个基本意义，正代表了诗的三个发展阶段。诗产生于有文字之前，当时凭记忆以口耳相传，诗之有韵及整齐的句法，都是为了便于记诵。待文字产生以后，以文字记载代替记忆，故记载亦谓之志，古时几乎一切文字记载都称作志。《管子·山权数》：“诗者所以记物也。”诗的功用即在于记载事物，因为韵文的产生早于散文，所以最初的志多为韵语。后来社会日趋复杂，人事纷繁，以韵文记事不免受到许多限制，因而散文应运而生，诗与史也开始分途，而逐渐与歌合流了。[2]

明乎此，对于中国古代之所以没有产生像《伊利亚特》《奥德赛》这样的长篇叙事诗也就不奇怪了。因为长篇的历史性纪述，已让位给散文去承担了。从这个意义上看，鲁迅把《史记》称为“无韵之《离骚》”，是很有历史意味的。

《尚书·尧典》说：“诗言志，歌永言，声依永，律和声。”以诗歌与声律并提，“诗言志”，指的是言诗人之志，这个“志”，指主体的怀抱、志向，标志着由客观记事转为主观述志，已走向与歌合流了。到汉代，对诗的本质有了进一步的认识，《毛诗序》是一个杰出的代表：

[1] 《歌与诗》，《闻一多全集》(一)，生活·读书·新知三联书店 1982 年版，第 181 页。

[2] 详见闻一多《歌与诗》，《闻一多全集》(一) 生活·读书·新知三联书店 1982 年版，第 184–190 页。

> 诗者，志之所之也。在心为志，发言为诗。情动于中而形于言，言之不足，故嗟叹之；嗟叹之不足，故永歌之；永歌之不足，不知手之舞之，足之蹈之也。

这段话于言志之外，又提出抒情，明确地把抒发情志看作诗的本质特征。后来虽有“诗缘情说”，特别看重情的因素，以及与之对立的重志（即重理派）的出现，但情志并举始终是中国诗歌史的主流。一般说，志藏之于心，为主体所固有，情则有感而发，由外物所感召，情志并提，则兼主客体相互感发而言，认识比较全面。说“志之所之”，志就不是静态的东西，而带有意向性，是一种意愿、向往，而非“心如止水”的状态；“志”的引申义有一个就是“箭靶”，也就是目标，所要命中之物，本身也带有强烈的指向性。情由所感而生，动于中而不能自制，故非形于言不可。由此可见，诗是情志冲动状态的产物。

从发生心理的角度说，诗是在日常语言终止的时候开始的。当诗人情志的冲动到了无法用日常语言平静地叙述时，便长歌骋怀，发而为激情的咏叹，这就是诗；其进一步的发展就是形于动作的舞蹈。日常生活中，人在激动时会大喊大叫，大哭大笑，让情感得到宣泄，以维持心理的平衡。诗也是如此。诗人只有在无法抑制自己的情感时，才想到作诗，穷愁潦倒、身处逆境的生活之所以能成就诗人，正因为身处困境，感触甚多，情感因受刺激而更见敏锐、丰富，故善感者多诗。古人所谓“诗穷而后工”“国家不幸诗家幸”“不平则鸣”等，都是从此立论。

当然欢乐的情感也可以激发诗人作诗，不过古人以为“欢愉之辞难工，而穷苦之言易好”（韩愈《荆溪唱和诗序》），从悲喜情感的感染强度和艺术表现的对应性着眼，有一定的道理。同时，还应该看到，悲剧性的情感较之喜悦性的情感更富有强烈的震撼作用和深刻的人生意味，我们只要比较一下南唐后主李煜亡国前的宫廷享乐词和亡国后“以泪洗面”的哀怨之作，就不难感受到这一点。

情感对诗的催生作用，古今中外的诗论有过许多论述，我们从中国戏曲的道白与唱词的关系上也可以看出这一点。道白是散文，唱词则是诗。唱词总是安排在情感跌宕起伏之时，重点唱段尤其如此。这也颇符“言之不足，故嗟叹之，嗟叹之不足，故永歌之”的道理。诗的抒情性的本质在这里也表现得很明显。中国戏曲之所以被称为诗剧，与唱词的地位和作用很有关系。

诗与真

诗既然由情感所催发，则是因情生诗，而非为诗生情；诗所抒发的情感乃内心所不得不发者，无一毫勉强，无半点造作，金圣叹说得好：

> 诗非异物，只是人人心头舌尖所万不获已，必欲说出之一句说话耳。[1]

这“一句说话”之所以有如此感人的魅力，就在于它真诚。诗的第一要素就是真，不真无诗，矫饰情感者乃伪诗。“为赋新词强说愁”，不过是自欺欺人。

[1] 金圣叹《与家伯长文昌书》。转引自《中国美学史资料选编》(下)，中华书局1981年版，第206页。

凡人皆有情感，从原初的意义上说，人人都具有诗人的素质，问题在于是否能真诚地坦露自己的情感，敞开自己的内心世界。有些不识字的人，真情动于衷，率口而出，便成为好诗。袁枚在《随园诗话》中说过，有一位不识字的庄稼汉，母亲死了，他在灵前痛哭呼号："哭一声，叫一声，儿的声音娘惯听，如何娘不应？"袁枚认为这就是真情溢于言词的好诗。而有的所谓诗人，滥发诗兴，应景凑趣，张口就来，以创作丰富自乐，求其动真情者，却一首也没有。诗作数量惊人的乾隆皇帝似乎就属此类。相反，宋代的穷诗人潘大临只吟了一句"满城风雨近重阳"，因为逼租人上门而断了诗兴，但他的这一句诗却传了下来。

正是从情感真诚的角度，王国维认为诗人应该保持一颗赤子之心。但所谓保持"赤子之心"，在我们看来，并不是不要涉历世事，深味人生，而是涉世虽深却不沾世故之气，阅历虽广而仍存纯朴之质。我们读屈原、李白、杜甫等大诗人的作品，时时可以在忧国忧民的情感中，发现他们那纯真清白的本性。

出于真情的诗，自然而无矫饰，具有一种纯朴天真之美。宋人袁燮说："古人之作诗，犹天籁之自鸣尔。志之所至，诗亦至焉。直己而发，不知其所以然，又何暇求夫语言之工哉？"[1] 文学史上一些早期的民间诗歌，"饥者歌其食，劳者歌其事"，吐属天然，不假雕琢，如《诗经·国风》中的一些篇章，以复迭的章句，一唱三叹，每章仅换易少数语词，可谓单纯至极，然而真情流注，一片天籁，自有其特殊的感人魅力。例如《周南·芣苢》：

[1] 袁燮《絜斋集·题魏丞相诗》。

采采芣苢，薄言采之。
采采芣苢，薄言有之。
采采芣苢，薄言掇之。
采采芣苢，薄言捋之。
采采芣苢，薄言袺之。
采采芣苢，薄言襭之。

全诗三章十二句，只变换六个动词，就把采摘芣苢（车前草）的劳动过程和场面描绘出来了。方玉润《诗经原始》说："读者试平心静气，涵泳此诗，恍听田家妇女，三三五五，于平原旷野、风和日丽中群歌互答，余音袅袅，若远若近，忽断忽续，不知其情之何以移而神之何以旷。"

中国传统诗论，以纯真天然为最高的审美标准，"铺锦列绣，雕缋满眼"，自不如"初发芙蓉，自然可爱"[1]。谢灵运的"池塘生春草"，平淡无奇，却成为千古佳句，就因为写出对春天的最初的新鲜真切的感受，诗句也自然得如同小草感春气而自然萌发一样。陶渊明的许多诗都是如此，在六朝那个崇尚缛丽的时代，他的风格显得特别不同一般，难能可贵。李白也倾倒于"清水出芙蓉"的天然之美，这种审美情趣也是根源于对真情的肯定，对人类心灵本真的赞许。

当然，这种真情的抒发，又是经过心灵净化的，因而不同于自然形态的情感发泄。诗的情感性内容，经过理性的过滤，滤去了感情的杂质，使之更加真纯；同时从审美的角度，调整情感的力度，以增强其感染力，并用对应性的语言，把情感定型，化为创作主体的对象，

[1] 这是鲍照对颜延之和谢灵运两人诗歌风格的评语。见《南史·颜延之传》。

进行吟味观照和再度体验。这既是一个情感的艺术加工过程，也是由心头之诗化为笔下之诗的过程。有的诗论家认为在大喜大悲等情感的白热化状态下不宜作诗，须稍待冷却，进行反刍，则能吐弃糟粕，存其精纯。这是有道理的。创作主体的理性自觉，能够过滤情感，提高情感的纯度，它不是淡化情感，而是进行艺术强化，增加情感的感染力。一般来说，初期的诗人对创作过程还不太自觉，情胜于词，内容压倒形式，后来逐渐注意情感的适度和语言的表现，炼字炼句，注重形式的倾向发展起来，以至走到极端，于是又有人起来矫正。中外诗史，大率皆然。

诗的本质

诗从本质上说是抒情的。抒情诗的产生，是人意识到自己与外在世界的对立，独立反省的意识觉醒，一面通过意识的反光镜认识世界，另一面又从反射到心灵的世界图像中省视内心的秘密。黑格尔认为诗的对象是“精神的无限领域”，它关心的是“精神方面的旨趣”[1]。精神当然应该有所附丽和依托，诗也不可避免地要描绘精神所借以感触生发或流连倾注的客观事物。然而对于诗来说，作为人的环境或外在世界的那些事物本身并没有抽象的孤立的意义，它们只有与某种精神因素发生联系，在心灵之光的烛照之下，才产生相关的意义，而成为诗的对象。风花雪月，山水林泉等，同一对象，可以与不同诗人的精神世界发生多种多样的联系，从而开放出色香各异的诗花。山水等客观景物在诗人笔下仿佛具有个性，其实是被诗人心灵化了，是诗人抒情

[1] 黑格尔《美学》第三卷下册，商务印书馆 1981 年版，第 19 页。

个性投射的结果。

叙事在诗中亦必须抒情化，带有明显的情感色彩，并顺应情感逻辑和韵律的变化而进展。黑格尔认为有两种进展方式，一种是比较清醒的平静的顺流，即按先后承续的逻辑过程发展；另一种是听任灵感和热情支配的飞跃[1]。后一种进展似乎更为常见。诗的叙事逻辑的自由度较大，可以打乱时空，颠倒顺序，是一种主体性的逻辑。苏辙曾批评白居易的叙事诗太拘泥于客观逻辑，寸步不遗，反失跌宕之美[2]。散文叙事则比较老实，基本上与事物发展的客观逻辑保持同步。

诗的叙事不论用什么人称，诗人都是直接或间接的介入者，在描叙之后，他可以直接出面咏叹，也可以间接加以讽示；在貌似客观的叙述中，却往往渗透着分明的主观褒贬。“此日六军同驻马，当时七夕笑牵牛”，“恸哭六军俱缟素，冲冠一怒为红颜”，前者写马嵬事变，后者写吴三桂为陈圆圆而叛附清军，既是叙事，也是抒情，似客观描叙，却又分明包含着诗人的主观评判。诗的叙事，不是让读者听故事，不是以故事的情节发展来吸引读者，而是让读者披事入情，从蕴含在叙事中的情感评价中受到感动和启示。有些诗形式上是叙事的，基调却是抒情的，效果也是抒情的。它描写的客体，是经过主体心灵化的客体，“是客观事物在主体心中所引起的回声，所造成的心境，即在这种环境中感觉到自己的心灵”。[3]“诗人着意在听众心中引起的正是所叙事迹在他自己心中所引起的因而把它完全表现在诗里的那种心情。”[4] 诗人叙事不过是把他触事生情的体会，借事以传达给读者，他

[1] 见黑格尔《美学》第三卷下册，第 214–215 页。
[2] 见苏辙《栾城三集·诗病五事》。
[3] 黑格尔《美学》第三卷下册，第 213 页。
[4] 同上书，第 193 页。

所呈现给读者的不是一段事迹、一个故事，而是一份情意、一种体味。中国古代写羁旅行役、山川景物的诗，以及在一些咏物诗中，这个特色尤为鲜明。从表现的角度看，诗人的叙事是经过挑选的，“他所突出并且带着情感去描述的主要是和他内心活动合拍的那些情节，这些情节描述得愈生动，也就愈易在听众心中引起同样的情感”。[1]

中国古代没有像西方那种长篇的叙事性史诗，叙事诗相对不发达，篇幅也不大。像《孔雀东南飞》已经算叙事长诗了，但抒情的意味颇浓。至于白居易的《长恨歌》《琵琶行》等名篇，则更是融叙事与抒情为一体，诗人的情感色彩尤见浓烈。唐宋以来的一些歌行体的叙事诗似乎都是沿着这个路子发展下来的，而愈到近代，抒情的比重似乎愈大。黑格尔认为抒情诗虽然适合民族精神发展的各个阶段，但特别适合于近代，因为近代个人享受到的情感和思想方面的独立自由度较大[2]。近代诗中抒情成分的增加，这也许是一个原因吧。

诗的抒情性质决定了形式上韵律化的特点，情感的发展变化本身具有节律性，因而与音乐有一种天然的联系。某种音乐会自然地触发某种情感，而某种情感也自然地会唤起某种内心的音乐，相互之间有一种微妙的感应共鸣关系。诗之所以有韵律，正是因为它是情感外化的需要，韵律成为诗的外衣和精神性的符号绝不是偶然的。有的诗意象朦胧，情感含蓄，但通过窈渺优美的韵律，可以大致准确地把握它的情感意向，吟味之间，理性的钥匙虽未开启诗的门户，感性的直觉却已透过韵律之窗而窥见“室家之好”了。

诗的情感既是个人的、个性化的，又是社会的、典型化的。因为

[1] 黑格尔《美学》第三卷下册，第 193 页。
[2] 同上书，第 201 页。

个别总是与一般相联系，个人生活在社会之中，喜怒哀乐之情无不与社会相关，因而任何个人的情感总是或多或少地反映着普遍性的社会内容。也正是因为这样，诗的情感才能与他人相通，感动他人，引起正面或负面的反应。

诗的感人力量并非总是与情感的强度成正比，诗抒发情感要求适度，恰如其分，无过与不及。这不仅是表现上审美的需要，也出于社会理性的节制。儒家诗教所谓“怨而不怒，哀而不伤”，其实包含着美学和伦理学的双重规范。情感的纯化，既是审美的加工，也是社会理性的过滤。在这里，真、善、美三者是统一的。孔子论诗，有“兴观群怨”之说，用今天的眼光来看，兴即感兴，使人感动振奋，这是诗的审美功能；观即观察、认识，使人认识生活，即具有真的价值；群是合群、团结，怨是讽刺、批评，这两者都是诗的社会作用，属于善的范畴。“兴观群怨”，实际上综真、善、美三者而言之。但儒家诗论特别看重善，尽美而未尽善，还不算是诗的极品。

黑格尔认为抒情诗的整一性来自诗人主体性格的整一性，诗人自己就应该是一件艺术作品。[1] 中国诗论特别看重人品，从孔子的“有德者必有言”[2]，到清代刘熙载的“诗品出于人品”[3]，可谓一脉相承。黑格尔的整一性是从美学的角度说的，儒家诗论的整一性是从伦理学的角度说的，两者的着眼点不同，但结论有一致之处。

诗是什么？这是一个很难说清楚的问题。古往今来，答案虽然很多，却难免顾此失彼，不能涵盖问题的全部内蕴。因为诗是人类心灵这个无限丰富的内宇宙与天地万物相感应的产物，是一种活泼泼的

[1] 见黑格尔《美学》第三卷下册，第 200 页。
[2] 《论语·宪问》。
[3] 刘熙载《艺概·诗概》。

生命形态，它在时、空两个向度上都不断地发展变化。因而从某一个固定的视点去观察，都难以观其全貌。然而古往今来，诗的形态虽然纷繁各异，其抒情性的本质特征却一以贯之。因而我们也许可以对诗作这样一个描述性的界定：诗是经过心灵纯化和韵律化的情感的语言表现。

寻诗

诗从何处寻？

中国古代诗人有许多寻诗的佳话，如孟浩然雪中骑驴寻诗，郑綮说“诗思在灞桥风雪中驴子背上”，青年诗人李贺则成天骑着一头跛驴四处寻诗，得了好句，就装进一只锦囊里。有趣的是诗人们寻诗，都用驴子作运载工具，以致陆游在入蜀途中骑驴过剑门关时，突然有所感触地发出自问：“此身合是诗人未？细雨骑驴过剑门。”

从诗人们寻诗之举来看，仿佛天地间存在着一个诗的本体，所谓“妙句天成”“文章本天成，妙手偶得之”，好诗都是现成的，能否找到，则要看你的手段和运气了。

诗既然是内在情志的抒发，似乎不假外求，只需直探心源就是，何以要向外寻觅呢？从心物的关系看，感物而生情，触物以兴感，情志并非无因自生之物，而不过是对外在世界直接、间接的感发反映的产物而已。心源倘无外来活水的灌注，便要枯竭。因而所谓寻诗，实际上是要打通心物的间隔，寻找外物与内心相契的机缘，一旦找到这种触机，灵感之花就会在瞬间点爆，诗的闸门突然洞开，佳句就滔滔滚滚地奔涌而来。

这种情况有点类似禅宗的妙悟，如无意中闻木樨香而悟禅；闻碎瓦击竹之声而悟禅；禅师为弟子黑夜点灯，刚点着，又一口吹灭，弟子当下成悟。凡此等等，都是通过心物感应，即时找到触机，返求诸己，而豁然开悟。禅宗虽然标举“直指人心，见性成佛”，但其所以能成悟，还必须有所凭借。舍筏登岸，无筏则不能登岸；得鱼忘筌，无筌亦不能得鱼。其所凭借与所成悟之间，是手段和目的关系，而且往往存在某种比兴和隐喻的意象联系，这一点与感发诗兴特别相近。禅宗的顿悟和诗的灵感也颇相似，因而以禅喻诗也就成为中国传统诗论的一派，严羽的《沧浪诗话》是其代表，后来王士禛的“神韵说”等都受他的影响。

所谓寻诗，就是寻找心灵的启悟，寻找独特的感觉形式。骆宾王易水送别，想见荆轲悲歌慷慨的情景，“昔时人已没，今日水犹寒”，他感到呜咽的水声中还荡漾着壮士悲歌的寒意。这独特的感觉，泯灭了今古的间隔，勾连了心灵的交流。“故国三千里，深宫二十年。一声何满子，双泪落君前！”（张祜《宫词》）远离数千里外的故乡，在深宫之中默默地葬送了二十年的大好时光，这辛酸的往事和无边的痛苦，却通过“一声何满子”倾诉出来，以一瞬表现一生，以一点表现全体，这正是找到了一个最能展示心灵的契机，抓住了一个最富于表现力的感觉形式。

诗人通过与外在世界的交流，求得感发诗兴的契机，内外相契，主客遇合，虽说寻觅，而仿佛妙手自得。

在外在世界中找到心灵的栖托之所

外在世界的事事物物向所有寻诗的人展开着，但有的人能寻到诗，有的人却寻不到；或几个人同时寻诗，面对相同的对象，寻得的诗却不相同。这是由主体自身的原因决定的。应该看到，外在世界对人的感兴有一定的导向和规范作用。如春和景明，花香鸟语，令人生愉悦之情；秋风凄厉，万木凋零，使人生萧索之感，等等。但诗人主体的心境和审美情趣，对景物会产生特定的定势效应，以乐观之眼观物，物皆呈乐观之色；以悲观之眼观物，物皆现悲观之色。故同对深秋落木之景，有的吟出“无边落木萧萧下，不尽长江滚滚来”的悲凉之句，有的则高吟“落木千山天远大，澄江一道月分明”的开阔之句。从某种意义上说，寻诗的人，总是以自己的爱好和兴趣去注视客观事物，他一面选择和接纳那些投合自己情感志趣的事物，一面又以自己的情感志趣把事物意象化，使之成为自己的对象。因而这个看似外向的寻诗过程，最终发现的却是诗人自我，或者说主体与外在世界的统一。

主体从外在世界的探索中发现自己，显示自己，诗的跋涉之途，是在外在世界中找到心灵的栖托之所。诗人在途中看见的一草一木，一花一鸟，都是心灵的反光镜，从中映照出自我的面影。这旅程对于每一位诗人都是独特的，每一位诗人都拥有自己的世界，自己的探寻方式。骑着驴子到灞桥风雪中去寻诗，寻得的诗与这种寻诗的情韵风调大约是一致的；毛泽东说自己的诗是在“马背上哼成的”，那是在戎马倥偬、硝烟弥漫的征途上寻得的诗，自然与骑在驴背上款款而行、悠闲自得而寻来之诗大异其趣。陆游骑驴过剑门关，自问“此身合是诗人未”，其实也有点牢骚，他一生以恢复大业为己任，不甘心做一个诗人。他渴望的是跃马疆场，而不是骑驴行吟，因而在途经雄关险隘时，不禁顾影自叹，感慨系之了。驴背之诗和马背之诗判然有别，同样，倚红偎翠，在绮罗丛中寻得的诗，定然沾有脂粉气；挑灯看剑，醉酒狂吟之作，则多半有一股慷慨悲凉的气概。

诗人主体的性情和志趣是如此鲜明地表现在寻诗的途径和结果之中。“闭门觅句陈无己，对客挥毫秦少游”，是两种类型：一个诗思艰涩，寻觅甚苦；一个诗情泉涌，挥洒自如，两者才性不同，寻觅之途各异。“对客挥毫”，诗如宿构，得之顷刻，而积之有素；“闭门觅句”，苦吟如病，一字一句都求其工稳，切中心怀，使心灵感到安稳妥帖。他们却都找到了自我的本色表现，很难以迟速来分高下。有的诗人意识到自己诗风的某种局限，企图到一个陌生的世界中去寻觅自己缺少的诗因子，“自嫌诗少幽燕气，故作冰天跃马行”（黄仲则句），就是这样一种有意识的寻觅和追求。

人去寻诗，诗来寻人。缪斯不负有心人，她有时不待寻访而主动登门，有时则不期邂逅，匆匆一面，飘然而逝。“春江有佳句，我醉堕渺莽”（苏轼句），诗人在江边拾到佳句，却因为醉意恍惚，失手又掉进江里了，他为之惋叹不已。然而正当他发出失落佳句的怅然感叹时，却又无意中拾到了新的佳句。清吴雷发《说诗菅蒯》云：“有意作诗，不如诗来寻我，方觉下笔有神。”“诗来寻我”，也许正是有意寻诗的报偿。有一位诗人陈述自己寻诗的体会，说：“终日觅不得，有时还自来。”虽然被人讥为走失的猫儿回家，但这体会还是真切的。把类似的体会形容得很妙的还是一首女尼的诗：

尽日寻春不见春，芒鞋踏破陇头云。

归来笑拈梅花嗅，春在枝头已十分。[1]

写得很富禅味。外求不得，返而求诸己，终于发现一个秘密：春就在你身边，春就在你心上！寻春如此，寻诗亦如此。

要之，寻诗就是寻找自我，发现自我，充实自我；每一首好诗，都是一次新的寻觅和发现。“众里寻他千百度，蓦然回首，那人却在灯火阑珊处。”千百度的寻觅，终于换来发现的惊喜。

“路漫漫其修远兮，吾将上下而求索。”诗人终生都在寻觅的途中。

[1] 见罗大经《鹤林玉露》卷六。

意象

赤裸裸的、无所凭借的情感是抽象而苍白的，不能感动人。情感体验总是具体的，例如“我爱”“我恨”“我喜”“我愁”等等；都有具体内容，光是说“爱”“恨”“喜”“愁”，仅仅是一种概念的表达，不能使他人具体感知，更无从感动。叙事文学如小说，可以对情感体验进行具体生动的描绘，甚至可以做深入细致的心理分析，穷形尽态，搜索心灵的秘密，尽笔墨之能事。诗歌对情感体验的抒发却不能那样铺张扬厉，而主要诉之于概括性的意象。

诗歌语法中的“词”

意象是中国古典诗歌的一个重要范畴，它不同于客观的物象，也不是主观的心态，而是客观物象和主观情志相统一的产物。从诗歌抒发情志的性质说，则是寄意于象，以象尽意。

《周易·系辞》在解决“书不尽言，言不尽意”的矛盾时，提出“立象以尽意”的原则。这是一个朴素而深刻的思想，它不仅认识到具象的事物比抽象的“意”更容易被人理解和接受，还朦胧地意识到直观的“象”具有概念不可框定的多向性。“象”作为“意”的负载者，其涵蓄空间总是大于“意”，因而足以尽传其“意”。

《周易》的卦象是一种“前意象”式的象征性符号，它“拟诸形容，象其物宜”，具有“其称名也小，其取类也大”(《系辞》）的特点。由于卦象的外在形式与客观物象之间的距离很大，也缺乏具体可感性和生动性，因而还不是艺术形象，但它所体现的美学原则却和诗的意象相近似。清人章学诚已明确认识到“易象通于诗之比兴”(《文史通义·易教下》)，这是很有见地的。

“意象”作为诗学的范畴，最早见于刘勰《文心雕龙·神思》:“独照之匠，窥意象而运斤。”但它指的是构思过程中形象的毛坯，还有待斧削加工，未经外化为笔下的艺术形象。唐宋以还，“意象”一词使用渐广，但含义不尽一致，却都离不开意与象二者的特定关系。简括地说，意象是寄意于象，把情感化为可以感知的形象符号，为情感找到一个客观对应物，使情成体，便于观照玩味。从语义的角度说，意象是诗歌抒写情志最基本的意义单位，是诗歌语法中的“词”。试以对忧愁的体验和抒发来说:

问君能有几多愁？恰似一江春水向东流！（李煜）

只恐双溪舴艋舟，载不动，许多愁。（李清照）

试问闲愁都几许？一川烟草，满城风絮，梅子黄时雨。（贺铸）

“一江春水向东流”，使我们感受到愁思汹涌，难以阻抑，深广而又无尽；这是一种因遭逢大故而伴随终生的哀怨，绝不是什么花草闲愁。小船载不动愁，既见愁之多，更有沉重压抑之感；出之以“只恐”的假设，则可想见其一任愁绪沉积、无心泛舟寻春的孤寂况味。遍地滋生的春草，满城飘飞的柳絮，下下停停、没完没了的江南梅雨，迭下三个意象，渲染出这“闲愁”是如此缠绵，撩人心绪，无法排遣。上述三种不同的愁，虽然没有指说愁的内容，却从不同的意象中，可以感知它们的情感性质、强度、情味，乃至产生的环境氛围来。

诗的解读，是从意象开始的。

意象的概括性

意象是概括的，它暗示情感意向和渲染特定的氛围，它不作细致刻画，也不充分展开，而以一种特征性的情感象征物唤起读者的相似情感体验，从整体上受到浸染，而无意去详究其细节和所以然。

意象的概括性，是由诗歌的抒情特征决定的，它供人吟味，感到言有尽而意无穷。意象的情感具有典型化涵盖个性化的特点，因而常有普遍性，能唤起许多同类型的相似体验，而引起情绪共鸣。一般读者虽然没有李煜那样的亡国感受，但对他抒写的那种汹涌如滚滚春潮的愁情却能够感知和体味。相反，如果具体地描叙这愁情的内容，比如对失去的帝王生活的痛苦追恋等，愈细致、愈带有个人独特的生活色彩，反而会与一般读者拉开距离，对不上口径，而减损了感人的力量。因而意象的概括性，使它具有较广泛的涵容量，如言愁而不具言愁，言喜而不具言喜，而诸凡愁喜之各种情态均可包举；另一面也为读者提供了较宽阔的接纳空间，它具有一种“空筐”作用，使读者可以注入相关的情感，甚至“借他人之酒杯，浇自己之块磊”，从诗的意象中看到自己情感的折光。

意象的概括性也表现为选择性，即选择与主体情感相对应的富有特征性的事物，以少总多，拓展包孕量。“春花秋月何时了”，以“春花”“秋月”概括良辰美景、赏心乐事，往日所流连的美好事物，而今却成为触愁之媒，乃至感到不能忍受。“今宵酒醒何处？杨柳岸、晓风残月。”设想别后第一夜酒醒以后的情景，选择了“杨柳岸”“晓风”“残月”三个令人黯然销魂的意象，对别情作进一层的渲染。对于充塞于天地之间的萧瑟秋意，诗人却从一枝梧桐叶上感受得特别深刻：“只有一枝梧叶，不知多少秋风！”这种选择，是心灵之光的探照，它照亮了诗人的精神世界，也照亮了走向读者的通途。

情与物遇，目击道存，精神与物态的契合，有时是“一见钟情”式的拍合，自然而然，水到渠成。因而诗的意象，有时简直就是物象，而抒情也简直就是状物。陶渊明的诗就颇多此类。如：“暖暖远人村，依依墟里烟”，写黄昏的农舍和炊烟，很平常的景物，却充满着温暖的人情味、亲切的依恋感；“平畴交远风，良苗亦怀新”，人与自然的关系是多么和谐，自然对人发出了诗意的微笑。诗人仿佛只是写出所见的景物，但这景物渗透着诗人的情感，经过诗人心灵之光的烛照，也具有“灵性”了。叶梦得认为“鱼跃练川抛玉尺，莺穿丝柳织金梭”，不如“穿花蛱蝶深深见，点水蜻蜓款款飞”，其原因在于前者只是描摹物态，而不见性情，后者则状物之际又流露出诗人的情致（见《石林诗话》）。同样，林逋咏梅的名句“疏影横斜水清浅，暗香浮动月黄昏”，有人认为也可用来咏桃李，苏轼却幽默地说：“只怕桃李花不欲承担耳。”（见《王直方诗话》）这并不是因为在物态的描摹上有什么不可移易的准确性，而在于那风姿气韵是属于高雅的梅花的，同时也是属于高雅的诗人的，花品与人品融而为一，诗人通过咏梅，流露的正是自己的审美情趣。

意象的概括性还表现为历史意蕴的接续。有的意象经过若干代人的反复运用和转述加工，凝聚了多层次的内涵，可以引起丰富的联想和历史性的回味。例如宋孔平仲的《晓行》：

枕上杜鹃啼，匆匆早起时。
出门天未晓，月在杏花枝。

写晓行情景，纯以白描出之。然而这里的杜鹃、杏花、残月，不仅构成了当时的离别情景，本身又是历史性的意象。温庭筠《碧涧驿晓思》："月落子规歇，满庭山杏花。"戎昱《别离作》："手把杏花枝，未曾经别离。"释无闷《暮春送人》："杜鹃不解离人意，更向落花枝上啼。"张曙《浣溪沙》词："二年终日苦相思，杏花明月始应知。"这几位唐代诗人均以杜鹃、杏花、明月作为抒写离别之情的触媒和特征性的意象。经过反复运用而凝聚于其中的情感内蕴，已超出个人的特殊体验，而带有普泛性和典型性。它无须点破，对于了解这种历史意蕴的读者，自然能唤起他有关的记忆和联想，从而达到某种默契或神会。

又如杨柳，古人有折柳送别的习俗，因为"柳"谐音"留"，寓"留别"之意，因而在送别诗中常常出现，成为一种象征性的意象。在具体运用中，却又有正用、反用、活用之不同。"渭城朝雨浥轻尘，客舍青青柳色新"，以雨洗路尘，柳色青青，渲染送别情景；"长安陌上无穷树，唯有垂杨管别离"，正面点出杨柳与离别的关系；"春风知别苦，不遣柳条青"，则借未抽青的杨柳，反面暗示别离之苦。又如古代重阳节有赏菊的习俗，菊花与重阳也就结下不解之缘，而屡见于吟咏。唐人岑参的“遥怜故园菊，应傍战场开”，抒发游子对于战乱中家园的怀念之情，那开放在战争废墟上的菊花，正是由重阳佳节思乡之情幻化的意象，它凝聚着作者对家园的关切和不安之情。后来毛泽东接过这一意象，加以改造，注入新的意蕴：“岁岁重阳，今又重阳，战地黄花分外香！”（《采桑子》）菊花成为革命战争的礼赞，是开放在古老的传统节日和现实土壤中的胜利之花。在重阳咏菊的意象系列中增添了新的因子，使人耳目为之一新。

有的意象由于历史性意蕴的接续，而具有较稳定的内涵，在某种意义上成为“诗意的化石”，甚至可以用作考据的佐证。唐人张继有一首《枫桥夜泊》：

月落乌啼霜满天，江枫渔火对愁眠。
姑苏城外寒山寺，夜半钟声到客船。

这首诗脍炙人口，词语浅近而风神隽永，本不难解会。但欧阳修提出过“夜半不是打钟时”的责难，引发出一场延续了几个世纪的辩论。对于这种“认真”得迂腐的辩论，今天已视作笑谈了。但后来又有人提出“江枫渔火对愁眠”的“江枫”是寒山寺附近的江村桥和枫桥的合称，而“愁眠”则是一座山名。这种大煞风景的曲解，正是由于不了解意象的历史性内涵。只要稍稍考察一下历代诗人有关“江枫”的例句，就不难发现这一意象的特定内涵：

湛湛江水兮上有枫。（《楚辞·招魂》）
（这是最早把“红”与“枫”相连在一起的。）

江枫拂岸游。（庾肩吾）

况乃江枫夕，和君秋兴诗。（元稹）

停船披好句，题叶赠江枫。（钱起）

海门雁叫江枫赤，泽国云来野日黄。（僧至仁）

万里江枫夜，相思秋已深。（冯琦）

可见，“江枫”就是江岸之枫，作为诗的意象，则是秋色的象征，它能引发秋思。从张继本诗的意象联系来看，“江枫”与当句的“渔火”及首句“月落乌啼霜满天”均密切相关：枫叶经霜，与渔火相映而红，如炯炯的眸子，与愁人无言相对；不但点明节候，画出霜天晓景，而且巧妙地烘托了江上孤客的旅愁。其次，江枫又是乌鸦栖息的处所，“月落乌啼”，见其栖巢不稳，正以映衬满怀旅愁的不眠之客。征之历史文献，可知寒山寺前的枫桥原名封桥，正是因为张继此诗传诵人口，才改作枫桥的。[1] 山名“愁眠”亦同此情，清人毛先舒《诗辩坻》已言之。由此可见，诗歌意象因历史接续而形成的特定内涵不容随意曲解，它经得起历史文献的验证。

历史意蕴的接续，在典故性意象中尤为突出。这种意象经过反复运用，如滚雪球，愈滚愈大，意蕴不断丰富；有的则分化出新的意义，甚至产生相反的意义。情况颇为复杂，这里不拟具论。典故性意象为不少诗人所酷爱，有的运用入妙，成为一绝；也有炫博逞才，成为“掉书袋”的游戏；或者一味因袭，了无新意，流于熟滥，令人生厌。现举成功的一例：

[1] 见《古今图书集成·职方典》卷六七一《苏州府部·关梁考一》。

含章檐下春风面，造化功成秋兔毫。
意足不求颜色似，前身相马九方皋。

这是宋代诗人陈与义咏墨梅的诗。据说宋徽宗十分赞赏，作者“自此知名，仕宦亦寖显”[1]。清代名画家恽格（南田）也称赏此诗，许为“此真知画者也”[2]。这首咏墨梅的诗，用了两个典故性意象：一是寿阳公主梅妆的故事，一是九方皋相马的故事。相传南朝宋武帝女寿阳公主，人日（农历正月初七）卧含章殿檐下，梅花落其额上，成六出花，拂之不去，宫人效之，称为梅花妆。[3] 此诗首句即咏其事。“春风面”，喻梅花。九方皋是春秋时的相马专家，友人伯乐推荐他为秦穆公找千里马，马找到后，穆公问是什么样子的，回答说：“牝而黄。”（黄色的母马）牵来一看，却是“牡而骊”（黑色的公马）。穆公责怪九方皋连马的颜色、公母也分不清。伯乐却自叹不如，说：“得其精而忘其粗，在其内而忘其外；见其所见，而不见其所不见；视其所视，而遗其所不视。若皋者，乃有贵乎马也！”[4] 这里是用九方皋看中的黑马暗喻墨梅，“不求颜色似”，亦暗写墨梅之色与真梅不同，并喻所画重其神似意足，而不拘于外表色相的刻板相同，这也是对画家高明艺术的赞叹。这个典故意象用得十分贴切，而又浑化无迹。如果说“含章檐下春风面”的典故意象显得较为一般，只是由花联想到美人，见梅花之美，而未落实到墨梅上，那末九方皋相马的典故意象，则既赞画家传神手段的高明，又确切无疑地暗示这是一幅水墨梅花。这是充分

[1] 胡仔《苕溪渔隐丛话》前集卷五十三。
[2] 恽格《瓯香馆集》卷十二。
[3] 见韩鄂《岁华纪丽》卷一。
[4] 《列子·说符》。

利用典故意象内涵大于外延的特点，辐射出多层的意蕴，但又不是一览即知，而须玩味乃得。

这里牵涉到意象的隐显关系问题。意象要有深层的蕴蓄，有含蓄之致，不能一览无余；但又不可失之隐晦，而须具有可穿透性。这样才能既激活鉴赏力，又不致欲入无门。意象的隐显，因诗人的个性、题材、创作意图等而不同。意象过显，一眼看穿，了无余味，反成累赘；意象过隐，难以索解，读者不得其门，徘徊再三，只得废然而返。陈与义的这首墨梅诗，在隐显关系的处理上可谓恰到好处。

意象的组合

相关的意象之间可以产生多种关系，如相互映衬生发、对比强化、和谐浸染等，上述张继《枫桥夜泊》的“江枫渔火”与“月落乌啼霜满天”之间的意象关联就是一例。

意象的相关在中国古典诗歌的对句中最为常见，艺术效应也更为明显。如“朱门酒肉臭，路有冻死骨”“可怜无定河边骨，犹是春闺梦里人”，通过对立的意象，撞击出愤怒和同情的火花。后者尤为沉痛，战场白骨和梦里归人是如此明显地对立，却又是如此无情地统一，意象的对比产生了撼人心弦的感染力。律诗的对句，由于句法、声律的紧密对应，产生了一种强大的相关引力，它可以省略意象之间有关因果、承续、递进等逻辑联系，而形成一种高度凝练而富有张力的特殊结构，拓宽和深化诗的意蕴。李商隐咏马嵬事变的名句：“此日六军同驻马，当时七夕笑牵牛。”对仗非常工整，用逆挽句式，高度概括了不同时空情景的历史内容。今日六军驻马不发，要求诛杀杨国忠、杨贵妃兄妹以谢天下，这仓猝发生的事变，与当年唐明皇宠幸杨贵妃，沉溺女色，讥笑牛郎织女终年只有在七夕匆匆之会，两两相形，对比是何等强烈。（这种效果因对仗之工巧而益显。）同时，今天的事变，追本溯源，又与当年唐明皇荒淫误国有关，这一因果关系虽未点明，却因逆挽的句法而使人产生溯果追因的联想。又如刘禹锡的名联：“沉舟侧畔千帆过，病树前头万木春。”以外物的安危荣枯来寄寓宦海升沉的感慨，抒情的落脚点在失意者一边，以失意人看得意事，这情怀是十分复杂的：羡慕他人，追悔自己？是更形痛苦，抑或分享到某种欣慰？一时难以分说。从另一面看，今日飞驶之千帆，将来未必无沉舟之患；而他年病树逢春，亦未始无开花之日。“祸兮福所倚，福兮祸所伏”，荣枯升沉原无一定，天道好还，自有转化之时，那末雌伏待时，甘当失意人又有何妨呢？总之，这种复杂的心情，都诉诸一组矛盾对立的意象，诗人不必直陈，而让意象默默地暗示。

有的对句，意象之间缺乏形式上的相关词语作中介，仿佛只是松散地自然排列，看不出明显的逻辑关系，却能够根据内在情感逻辑而自动地组合变幻，意象的情感意向仍然不难追踪。例如温庭筠咏早行的名句：

鸡声茅店月，人迹板桥霜。

两句中没有一个动词，但它表达的意蕴是相对完整的，而且有内在的逻辑联系。“鸡声”“茅店”“月”，这三者是什么关系？初看似乎摸不着头脑。但“鸡声”是人所闻，“茅店”是人所宿，“月”则是人所见。而这人乃是早起赶路的旅客。“茅店”是一句眼目，暗示了环境与人的关系，鸡声与残月都因此产生了特定的含义：茅店孤客被鸡声惊醒，匆匆起身，出门时一钩残月还挂在天边。这是一幅富有动态的画面，三个意象按照内在的逻辑活动起来，自行组合，产生意义，而且向下句过渡。“人迹板桥霜”，这铺满晓霜的板桥上踏出的第一行足迹，无疑就是那个鸡鸣看天的早行人留下的。意象的过渡显得浑然无迹，其所显示的意蕴却分明可以感知。

当然，这是就意象组合的内在逻辑来感知诗意，但是这种感知因为意象之间缺乏外在的联系中介而富有一定的弹性。尤其是上句三个意象之间的关系不是很明确，例如“鸡声”是从“茅店”发出的，还是远处传来的？是鸡声惊醒旅客，还是旅客不眠而闻鸡声？“茅店月”，是在茅店见月，还是残月正在茅店檐前？如此等等，都是游移不定的，允许作多向的理解，也有助于激活想象力。但这种不定点并没有模糊整体的意蕴，而是拓展它的张力。

有的诗几乎全篇都由几组并列的意象组合而成，例如马致远的小令《天净沙》：

> 枯藤老树昏鸦，小桥流水人家。古道西风瘦马，夕阳西下，断肠人在天涯。

全诗五句，前四句纯是意象的排列，仅于末句用了一个表示处所的介词“在”字，把这位“断肠人”定了位。前面那些仿佛无所联系的意象，其实内在有一种相关性，相互推移，逐层递进，逼近“断肠人”，并结穴于此。不妨让我们来追踪一下意象的内在相关性和演进轨迹：“枯藤老树昏鸦”，枯藤缠附于老树，黄昏时乌鸦归栖于老树之上，草木野鸟都有归宿，正以反衬天涯游子漂泊无归。而“昏鸦”又暗与下文“夕阳西下”相关。“小桥流水人家”，继黯淡的起调之后，忽然弹出几个明快的音符，意象的跌宕流程，正反映了情绪的波动。

这幽静安详的临水人家，从一个日暮奔波的旅人眼中见出，多么使他依恋！又怎么能不触动心底的乡思呢？宋人曹组有一首《青玉案》词，写秋山行旅，忽见临水人家，不觉触动乡心，用明写法。这里却不点明，但意象组合的情绪暗示性仍可感知。“古道西风瘦马”，道途坎坷，马疲难支，秋风天寒，行李萧索，旅况的凄凉寂寞，尽在不言中。言“瘦马”，则已逼近旅人，却偏不连人带马一道推出，暂顿一笔，使读者产生一种期待心理，最后从“夕阳西下”的惨淡之光中，推出“断肠人在天涯”的镜头。日暮途遥，落日亦将抛行人而去，这踽踽凉凉的天涯断肠人，此时将有何感触呢？作者无须明说，意象群的组合已显示了比说出来还要丰富得多的情感内涵。

这种意象的组合，类似电影的蒙太奇，但它又不同于蒙太奇贯彻导演意图之明确而直接：意象的组合既要遵循生活逻辑和情感逻辑，有较确定的意义指向，同时又给读者提供了联想的自由，有助于激活读者的想象力和鉴赏力。如果把单个意象比作零散的珍珠，并列的意象之间虽然没有明显的联系中介，却已暗示着连接的通途，而领会这种暗示，真正把这些珍珠穿在一起，则有赖于读者的最终完成。比如“枯藤老树昏鸦”，三个意象的自然组合，有其内在的逻辑根据，即枯藤必依附于老树，而昏鸦亦必栖息于老树，这是生活逻辑的暗示。倘若认定三者各不相干，彼此无从组合，意象散了架，意义也隐而不显，诗就“哑巴”了。如果懂得三者组合的逻辑，能够构成一幅完整的画面，却“读”不懂它所蕴含的情感意义，即无视情感逻辑，看不出物与人的关系，那也不能说真正懂得这句诗。

这里还有一个视角对意象组合的意义关系问题。在一首诗中，视角常常是变化的，并不固定在某一点上。从什么角度去看意象的组合，看出的意义也不相同。有的可以从一个角度看，也可以从另一角度看，有的则必须从几个不同的角度才能看出它的多层含义。比如“枯藤老树昏鸦”和“小桥流水人家”，好像是客观镜头，从第三人称的视角看，当然有其意义，但也不过是画面本身的意义而已。只有同时从第一人称的视角看，化为抒情主体的主观镜头，外在世界和精神世界发生关系，画面才有生气，而显示出新的意义。“古道西风瘦马”是客观镜头，视角单一化，主体又复隐去，但其情感氛围仍弥漫于画面，读者在观照之际，仍可感到主体的存在，同时视角的变化又与情感节奏的变化有着内在的对应性，从而自然而然地呈现出跌宕起伏、开合顿挫之美。“夕阳西下”是景语，但也可从主客观两个视角去看，若从主观去看，则化作情语了。“断肠人在天涯”，是一个悲凉的远景镜头，但也未尝不可看作断肠人的一声长叹，因而也具有双重视角的意义。

诗中的意象，总是与一定的感觉形式相联系，从一定的角度去感知，而产生不同的含义。一定的感觉形式又取决于主体特定的境遇和心理状态。例如同是听雨，在蒋捷的《虞美人》词中便有不同的感受，产生不同的意义：

> 少年听雨歌楼上，红烛昏罗帐。壮年听雨客舟中，江阔云低断雁叫西风。　　而今听雨僧庐下，鬓已星星也。悲欢离合总无情，一任阶前点滴到天明！

歌楼听雨，罗帐灯昏，正是青春年少、“不知愁滋味”的时候，这时雨声听来是清脆而欢快的。壮年漂泊四方，饱经忧患，凄风苦雨，入耳惊心。晚年寓居僧庐，尝尽了人生的滋味，既埋葬了少年的欢乐，也埋葬了壮年的忧愁，一切皆空，万念俱灭，虽听雨而已木然无动于衷了。人生三个不同阶段的境遇，产生了相应的三种感觉形式（无所感觉也是一种感觉形式），同一听雨，而有截然不同的意义。

意象的组合，还要注意动静的统一。物态总是与心灵相遇相契才产生诗意，而心灵是流动的，流动性的美，最富有魅力，动态的意象也最能显示心灵的内在奥秘。莱辛在《拉奥孔》中曾提出“媚是在动态中的美”，更有生气，更能感染人。《诗经·卫风·硕人》形容女子之美，有云：“手如柔荑，肤如凝脂，领如蝤蛴，齿如瓠犀，螓首蛾眉；巧笑倩兮，美目盼兮。”朱光潜先生认为前五句历数静态，我们无法把那些比喻组合成一个美人的形象，“但是后面两句便是化美为媚，化静为动，把一个美人的姿态神情很生动地描写出来了”[1]。前面的五个比喻，虽然也有形象性，但只是客观描绘而显不出主体的情致，又全是静态，较为板滞，虽然用比喻，却类似赋体的铺陈，分切过细，反而难以形成整体性的意象，但它又为后两句动态美做了铺垫；正是后面的点睛之笔，整合了前面的静态描绘，使之具有生气，一位美目流盼、含笑凝情的东方“蒙娜丽莎”就展现在我们面前。后来白居易《长恨歌》描写杨贵妃的美，有云：“回眸一笑百媚生，六宫粉黛无颜色。”也是同一手法。

由此想到诗词中的句眼，往往是表示动态的动词或动词化的形容词，这绝非偶然。被引为“推敲”典故的贾岛的名句：“鸟宿池边树，僧敲月下门。”“推”“敲”都是动词，何以“敲”胜于“推”？这就要从诗意来考虑。“推”表示门是虚掩的，一推就进去，动作过程很短，

[1] 《西方美学史》，《朱光潜美学文集》第四卷，上海文艺出版社 1984 年版，第 329 页。

而且几乎没有声响；“敲”则表明门已被闩上，敲门求进，动作过程较长，而且发出声响，在“鸟宿池边树”的静夜，这“笃笃笃”的敲门声，既打破了夜的静寂，又衬托增添了夜的静寂，因而更贴合情景，也更富有诗意。

又如经常被人引用的王安石的名句“春风又绿江南岸”，也可以从意象动态美的角度来领会。“绿”字是形容词的动词化，它之所以胜于“到”“过”“入”等字，在于不但可以概括上述诸字表述春风到临江南的动态，而且具体显示出春风到临的感性后果。江南那一片生命的绿色，既有鲜明的视觉感，又有亲切的人情味，在宦游未归者心目中该有何等的诱惑力！（下句“明月何时照我还”，正是由此引发。）

由此可见，对于意象动态美的把握，关键在于多层意蕴的开掘和强化感觉效果。古典诗词中这类例句甚多，略举数例，以见一斑：

气蒸云梦泽，波撼岳阳城。（孟浩然）
泉声咽危石，日色冷青松。（王维）
大漠孤烟直，长河落日圆。（王维）
人烟寒橘柚，秋色老梧桐。（李白）
返照入江翻石壁，归云拥树失山村。（杜甫）
好山万皱无人见，都被斜阳拈出来。（杨万里）
风乍起，吹皱一池春水。（冯延巳）
桥上酸风射眸子。（周邦彦）
春风不染白髭须。（辛弃疾）

不假意象的抒情

有的诗直抒胸臆，不假意象，以巨大的气势或深沉的内心独白来打动人，显得独具一格。例如陈子昂的《登幽州台歌》：

前不见古人，后不见来者。
念天地之悠悠，独怆然而涕下！

这首诗俯仰天地，感慨古今，扫去一切具体物象，从心底发出历史性的深沉喟叹，在旷远无垠的时空背景上，展示了诗人自身的人格形象。它虽然缺乏具体的意象，却有一个整体感的主体抒情形象。这类诗常见于浪漫主义的诗人，如屈原的诗篇就多直接抒情之作。《远游》有云："惟天地之无穷兮，哀人生之长勤。往者余弗及兮，来者吾不闻。"陈子昂此诗似受其影响。又如《离骚》之反复陈诉，自明心迹，"长太息以掩涕兮，哀民生之多艰""亦余心之所善兮，虽九死其犹未悔""虽体解吾犹未变兮，岂余心之可惩""阽余身而危死兮，览余初其犹未悔""路漫漫其修远兮，吾将上下而求索"，这种忧患人生，执着地探求真理，并愿为之献身的精神，发自内心，无须假借，而自恳挚动人。

但是这种直抒胸臆、无所假借的诗作，有一个感情导向和善于自控的问题，倘若一味放纵，就会失之粗率叫嚣，滑向散文化、概念化。这种情况，在古今中外的诗歌中并不少见。

诗歌抒情的本质决定了意象的抒情性，意象之"意"固然包含客观事物的某种情致，但主要是诗人的情感体验。它不同于小说、戏剧等叙事文学中的人物形象。作家对人物可以有爱憎褒贬之情，但是人物有其自身的性格逻辑，不能成为作家主观精神的传声筒。成功的人物形象，具有高度的典型性，形象中虽然包含作家的情感评价，其客观的社会历史内容和独特的个性色彩却是主导的一面。这一点与诗的意象的主观抒情性有明显的不同。意象是一个诗学的范畴，有的学者把它当作中国古代文艺形象的代名词，似乎有泛化之嫌。

意境

意境与意象有密切的关系，也是中国古典诗学的重要范畴。古代诗论中二者在使用上存在同义的情况，因而有人认为意境就是意象。其实二者既有联系，又有区别，不能视为同一范畴。

意境是由意象群组合而成的，它浑融诸意象，而又超越于意象之和；无论就内涵或外延来说，意境都大于意象。如果说意象是主观情志和客观物象个别性的融合，意境则是二者整体性的融合，并且因这种融合而产生了虚实相生的结构效应。意境所显示的不仅是一幅具体生动的画面（“境”内之“象”），更是一个能激活欣赏者想象的艺术空间（“象”外之“境”）。

如果说意象是诗歌语法的“词”，意境则是意义完整的“句子”；诗人正是通过它来“说”出自己对世界的感受和心灵的秘密。

意象是意境形成的先导，意境则是意象组合生成的必然。从“象”到“境”，反映了审美意识的发展。《易传》的“立象以尽意”说，《庄子》关于言意关系的见解，既是“意象说”的基础，也与意境内在相关。后来陆机、刘勰、钟嵘等对言、意、情、物的关系都做过进一步的阐述，对意境理论的形成有重要影响。佛教传入中土后，倡象教，言境界，对意境的形成更起了催化作用。在唐代诗歌创作空前繁荣的背景上，意境理论正式形成。最早提出“意境”一词的是盛唐诗人王昌龄，他在《诗格》中说“诗有三境”，即“物境”“情境”“意境”，但他并没有说明这并列的三境之间的关系。他所说的“三境”，其实都可包括在“意境”之中。中唐的诗僧皎然，论诗虽未明标“意境”，却重“取境”，且对意、境、景、象的关系做了较深入的阐发。晚唐的司空图继承了皎然的观点，进一步提出“象外之象”“景外之景”“味外之味”之说，接触到意境的本质特征。宋严羽《沧浪诗话》标举“兴趣”，以禅喻诗，对意境的美感特征作了生动的写照。明清之际的王夫之，对诗的情景关系从哲学的高度作了深刻的阐述；后来叶燮《原诗》对“理”“事”“情”的分析，也丰富了意境的理论。此外，还有不少诗论家对意境发表过许多精到的见解。至近代王国维则集古今意境理论之大成，运用西方文艺理论进行比较研究，把意境理论系统化，提到美学的高度。从此以后，意境这一诗学范畴也更广泛地为诗歌创作和理论研究者所注意。在这方面王国维做出了重要的贡献。当然，从今天来看，王国维的“意境说”也还有不足之处，它是我们研究的起点，而不是终点。

意境的生成

王国维在《文学小言》中说：“文学中有二原质焉：曰景，曰情。

前者以描写自然及人生之事实为主，后者则吾人对此种事实之精神的态度也。故前者客观的也，后者主观的也；前者知识的也，后者感情的也。”他把“景”“情”二者视为文学的“原质”，并作了广义的界定，“景”不仅指自然景物，而且包括“人生之事实”，即客观的社会生活内容；“情”则总括对自然和人生事实的体验而产生的精神态度。景与情的对立统一，也正是客观与主观、自然与人生、知识与感情的对立统一。这种认识较之前人某些拘于具体情景的就事论事之见，显得更概括和深刻。

王国维在《人间词乙稿序》[1] 中又说：“文学之事，其内足以摅己，而外足以感人者，意与境二者而已。上焉者意与境浑，其次或以意胜，或以境胜。苟缺其一，不足以言文学。”如果把这段话与上引《文学小言》中的一段话对照一下，可以发现，王国维所说的意与境，其实就是情与景，它不过是“文学二原质”的另一种表述而已。他认为意境的生成，最上等的是“意与境浑”，即分不出何者为意，何者为境，水乳交融，浑然一体。其次是“或以意胜，或以境胜”，即各有所偏胜，却不能缺其一。所谓“以意胜”者和“以境胜”者，大约相当于他在《人间词话》中所说的“有我之境”和“无我之境”。其实这两者可以各擅其胜，本无所谓优劣高下，但王国维认为“无我之境”高出一头，这里却说还有更高一等的，即“意与境浑”。其实不论“以意胜”或“以境胜”，都要求达到“意与境浑”，不然就不成其为意境。因为在意境中客体已“人化”，而主体已“对象化”；主客体各自向对方渗透和转化，你中有我，我中有你，浑然相契而生成具有新质的统一体。

[1] 赵万里《静安先生年谱》认为此序乃王国维所作而托名樊志厚者。但樊志厚确有其人，为王国维同学和挚友。详见拙著《听涛集·读人间词札记》，福建人民出版社 1985 年版，第 275 页。

意境的生成，大体有下列五种方式。

（一）意随境生

这也就是通常说的“触景生情”。刘勰所谓“物色之动，心亦摇焉”（《文心雕龙·物色》），因外物的感触而产生某种情思意念，这是一种最常见的心理现象。“愁因薄暮起，兴是清秋发”（孟浩然）；“见雁思乡信，闻猿积泪痕”（岑参）；“山光悦鸟性，潭影空人心”（常建）；“心随汝水春波动，兴与并门夜月高”（黄庭坚）。诸如此类，意境的生成都是由境及意，自外而内，物我的感应具有某种因果性的关联。请看李白的《静夜思》：

床前明月光，疑是地上霜。
举头望明月，低头思故乡。

这首小诗把诗人客居他乡，秋夜因见月而思乡的心理过程写得简练生动。清冷如霜的秋月，最易触动孤身远客的秋怀旅愁，而唯一能慰藉寂寞凄清的心灵的只有温暖的乡思。诗人从举头望月到低头思乡，正是一种自然而然的心理发生过程，意境的生成也显得十分自然。

王昌龄的《闺怨》，也属意随境生，但显得较为曲折：

闺中少妇不知愁，春日凝妆上翠楼。
忽见陌头杨柳色，悔教夫婿觅封侯。

这位闺中少妇原来是无忧无虑的，春天到了，她打扮得漂漂亮亮地上楼去观赏春景，忽然路边杨柳的新绿触动了她的心，使她想到和丈夫折柳相别的情景，顿觉孤单寂寞，辜负了大好春光和青春年华，因而后悔让丈夫为功名而出门奔波了。由“不知愁”而牵动离别相思之愁，其心理突转的契机是“忽见陌头杨柳色”，心情的波折转换，使意境的生成也显得曲折有致。

意随境生，物境的感召固然是重要的契机，似乎是“意”之所生的原因，但这种触发出来的“意”，往往早已潜伏在心底而未为本人所感知，只不过因为外境的偶然感召而觉醒而已，所以它的内在根据仍在主体自身。

例如陆游的《沈园》二首：

城上斜阳画角哀，沈园非复旧池台。
伤心桥下春波绿，曾是惊鸿照影来。

梦断香销四十年，沈园柳老不吹绵。
此身行作稽山土，犹吊遗踪一泫然！

陆游二十岁左右娶表妹唐氏为妻，两人感情和好，但唐氏不容于陆母，被迫离婚，陆游十分痛苦。数年后，他在沈园偶然与已经改嫁的唐氏相遇，为作《钗头凤》词。不久，唐氏郁郁去世。陆游晚年两过沈园，回首往事，总是触景伤情。这两首绝句作于庆元五年（1199），是他第二次过沈园所作。岁月迁流，沈园已三易其主，景物全非，但诗人看到桥下的一池春水，却立即想起曾在这里临水照影的唐氏，不禁触目伤心。当年园中的柳树也已枯老，使人发“树犹如此，人何以堪”之叹。这时诗人已经七十五岁，自感将不久于人世，但他对于四十余年前含恨去世的妻子依然深情如故，在凭吊她的遗踪时禁不住伤心落泪。这两首诗触景伤情，意随境生，但诗人的伤心之情本蓄之于心。桥下春波、园中老柳，不过为其触媒而已。

（二）境从意出

诗人把主观的情志投射于客观外物，使对象主体化，“六经注我”，物境为“我”而存在，向“我”而开放，物皆着“我”之色彩，境向意生成。例如：

浮云游子意，落日故人情。（李白《送友人》）

岸花飞送客，樯燕语留人。（杜甫《发潭州》）

天上随风飘浮的一抹白云，表达了漂泊四方、行踪无定的游子的情怀；远方徐徐下落、不忍遽然离开大地的一轮夕阳，则成为诗人依依惜别之情的象征。浮云落日，本无所谓情意，只是在送别的特定环境中，诗人把自己的离情别意赋予外物，于是浮云落日就“人化”了，为“我”而生成意义。同样，落花和燕子也不懂得“送客”和“留人”，它们不过是诗人抒发孤舟远行的一种寂寥凄楚之情的“意符”而已。

这种由主观情感投射外化而成的意境，往往具有某种隐喻或象征的意味，如“蜡烛有心还惜别，替人垂泪到天明”（杜牧《赠别》），“多情只有春庭月，犹为离人照落花”（张泌《寄人》），“夜深风竹敲秋韵，万叶千声皆是恨”（欧阳修《木兰花》）。在这里意境的隐喻义显得较为明确，境由意出的倾向性也较为清楚。

还有一类是由诗人独特感觉的外化而生成的，它表现某种瞬间的幻觉或心态，其内涵大多不如隐喻之确定，“意”化的倾向也不太分明，却同样很富感染力。例如王维的《书事》和《山中》：

书　事

轻阴阁小雨，深院昼慵开。
坐看苍苔色，欲上人衣来。

山　中

荆溪白石出，天寒红叶稀。
山路元无雨，空翠湿人衣。

诗人是多么喜爱他那幽深的小院，雨后的满院青苔，更增添了幽静的气氛。忽然诗人感到这些可爱的青苔正要亲昵地爬上他的衣襟，把一片绿意奉献给自己的主人。这是多么奇妙的幻觉！这看似动态的幻觉，固然表达了诗人对自然生机的喜悦，却也从另一面渲染了恬静的生活情趣。

“山路元无雨，空翠湿人衣”，无雨而有湿衣之感，也是一种似真似幻的奇妙感觉。秋山虽然红叶稀疏，但依然松柏苍翠，空气湿润，这是一个翠绿而空蒙的世界，连湿润的空气也仿佛“绿化”了。人行空翠之中，身心尽染，依稀感到一种细雨湿衣似的凉意。从感受的过程来看，也许是因空翠而生凉意，由凉意而生湿衣之感，但整个感觉的产生却是即时的、不可分解的。正是这种似幻似真的综合性的心理感觉，点化出这个奇妙的意境。

“相思一夜梅花发，忽到窗前疑是君”（卢仝《有所思》），似花似人，若幻若真，也是一种奇特的感觉。但它所包孕的情感内容却溢于感觉的外表，感觉带有强烈的情感色彩，仿佛不是感觉产生情感，而是情感产生感觉，并衍化出对应性的物境，因而这种意境的抒情效应大大超过其状物功能。

“身无彩凤双飞翼，心有灵犀一点通”（李商隐《无题》），这是写男女两地相思，虽无缘相见，却心心相印，空间的阻隔已被相通的情思所超越了。然而也有因相思的痛苦而倍觉空间阻隔的不可超越者，恰好形成相反相成的两极。如宋人许棐《喜迁莺》词云："一重帘外即天涯，何必暮云遮。"帘外即天涯，只要丈夫没有归来，无论路程远近，在心理上都一样是天涯之遥。朱淑真的《生查子》翻进一层："遥想楚云深，人远天涯近。"把心上人的距离拉得比天涯还远，然其不归之情显得更为深刻。而王实甫的《西厢记》进一步加以点化："系春心，情短柳丝长；隔花阴，人远天涯近。"与意中人相隔仅一丛花阴，却可望而不可即，有近在身旁远于天涯之感。这种矛盾的距离感，纯然由心理所产生，主观色彩很浓，情感更夸张、更强烈，意境也更富新颖感。

感觉或幻觉的诗化，也是心境的诗化。境从心生，其所表现，就客观事物的性质来说是虚幻的，就主体的心理感受而言是真实的，意境的妙处正从虚虚实实、幻幻真真中生发出来。"山静似太古，日长如小年"（唐庚《醉眠》），表达的是一种停滞的时间感觉，也是一种寂静的空间感觉。诗人正是通过"静止"这一心理通感，把时间和空间同化了。许地山有诗："乾坤虽小房栊大，不足回旋睡有余。"这是一种矛盾的空间感觉，乾坤小而房栊大，违反常识；"不足回旋"，见容身之地甚窄，"睡有余"，却见回旋之地颇宽，这也是一种矛盾。诗人正是通过这种感觉的矛盾，暗示只要心地宽广，小小房栊也能容纳乾坤万物；陋室穷居，亦足恣意酣眠。境随意生，抒写的是一种哲理性的深刻意蕴。

（三）意境相生

物境与人意相感相通，相互生发，"象忧亦忧，象喜亦喜"（《孟子·万章》），人善体物情，物如通人意，物我相得，意境自双向交流而生成。

例如李白的《独坐敬亭山》:

众鸟高飞尽，孤云独去闲。

相看两不厌，唯有敬亭山。

鸟飞云逝，长空寥廓，天地间唯一的知己就是这座敬亭山。彼此相对无语，相看不厌。寂寞的诗人乐于跟青山为伴，寂寞的青山也对诗人脉脉含情。“相”“两”二字，表明人情与物意的相互交流，从而双向地构成一种寂寞而清幽的意境。

辛弃疾《贺新郎》词云:“我见青山多妩媚，料青山见我应如是。情与貌，略相似。”也是人与山相对，彼此情貌相似，心意相通，但所抒发的是一种忘形尔汝的不羁豪情。类此物我相得的意境如:“孟夏草木长，绕屋树扶疏。众鸟欣有托，吾亦爱吾庐。”(陶潜《读山海经》);“东风知我欲山行，吹断檐间积雨声”(苏轼《新城道中》)，都有一种物我欣然融洽的意趣。然而也有黯淡悲凉的，如李商隐的《乐游原》:

向晚意不适，驱车登古原。

夕阳无限好，只是近黄昏。

驱车登古原，本有散闷之意。夕阳晚景固然迷人，无奈瞬间即过，则愁云未能驱散，且有随暮色加浓之势。在这里，凄艳的落日与黯淡的心情相互对应，融为一体。刘永济说:“作者因登古原，见夕阳虽好而黄昏将至，遂有美景不常之感，此美景不常之感，久久蕴积诗人意中，今外境适与相合，故虽未明指所感而所感之事即在其中。”[1]

这一类意境，境就意，意就境，内外将迎，难解难分，近于所谓“意与境浑”者。虽然如青山本无情，诗人与之相看不厌，感到彼此情貌相似，或可视作主体的移情作用，但物之使人倾心动容，亦自有其原因在，所谓“情往似赠，兴来如答”[2]，从心物的关系看，仍是一种双向的交流。

（四）即境见意

这是一种内向的意境，表达的大多是一种力度不太大却很微妙的情感，所谓萧条闲远之意，不能喻于言，而可托于物；或者某种内心深处的感受，应境而生，一时还说不分明，便索性不明说，而把这一感发的物境点化出来，让读者去意会。这类意境以含蓄胜，意深藏不露，但是境象和气氛，却能暗示某种情调，它像深埋于灰中的一点炭火，外冷内热，须深拨始见。内心的秘密不便明说，连“悄悄话”也不行，乃诉之于无言的表情，反而收到“相视而笑，莫逆于心”的效果。

请看韩偓的《已凉》：

碧阑干外绣帘垂，猩色屏风画折枝。
八尺龙须方锦褥，已凉天气未寒时。

这是一间精致的卧室：碧绿的栏杆，重重的帘幕，猩红色的屏风，上面还画着鲜艳的折枝图，一张八尺的大床上铺着龙须草的席子和织

[1] 刘永济《唐人绝句精华》，人民文学出版社 1981 年版，第 220 页。
[2] 刘勰《文心雕龙·物色》。

锦的被褥。居室环境是如此华美而温馨，然而通过栏杆、帘幕、屏风等重重阻隔而造成的深曲封闭感，也隐隐透露出一种寂寞凄清的气氛。两种矛盾的色调在这里得到了奇妙的融合。环境告诉我们，卧室的主人是一位孤独的金闺少妇。“已凉天气未寒时”，仿佛是客观地写天气，实际上是写少妇对季节转变的主观感受：暑退凉生，流年暗换，宝贵的青春就这样白白地流逝了。那猩红的屏风上画着的折枝图，使人想到鲜花一般的年华，“花开堪折直须折，莫待无花空折枝”，孤独的少妇对此能不黯然自伤吗？床上的铺设虽然华美，却少了一个陪伴的人儿，在这秋风四起、“已凉未寒”的当儿，不更感到难以禁受吗？这凉意来自外面，也发自心底。通篇写居室陈设，写天气变化，无一字及人，而其人已呼之欲出；无一字及情，而宛曲之情已渗透于字里行间。

有时诗人即境见意，身与境化，物境犹如心境，产生一种妙悟式的感受，觉得直抒其情，有落言诠，且难得其妙，转不如点化物境，借以观照心灵，让读者去意会。王维的一些山水小诗大多如此。例如辋川组诗中的《辛夷坞》：

木末芙蓉花，山中发红萼。
涧户寂无人，纷纷开且落。

深山冷坞中的辛夷花，应时而开，应时而谢，荣枯一任自然，而不关人事，有没有人爱赏，对它更无所谓。这种恬淡寂静、委运顺化的品性，不正是诗人的自我写照吗？

即境见意，不必是诗人身历的实境，韩偓的《已凉》是隐约的代言体，实质与“闺怨”差不多；王维的《辛夷坞》，写的是辋川实境，虽说“涧户寂无人”，其实暗中仍有诗人的视角，否则便无从摄下这一诗意的镜头。柳宗元的《江雪》，却未必有此实境：

千山鸟飞绝，万径人踪灭。
孤舟蓑笠翁，独钓寒江雪。

冰天雪地之中，竟有一个渔翁在江上垂钓，现实生活中难得有此景象。这是诗人被贬永州之后所作。他把渔翁的一叶孤舟放在江天寥廓的大背景上，显得格外孤独而醒目。这渔翁不畏严寒，明知无鱼，却专心垂钓，可见其意不在鱼。显然这是一个幻化的境界，它以诗意的夸张渲染了寂寞凄清的迁谪环境和心理感受，寄寓了诗人清高孤傲的风骨和超然物外的情趣。

即境见意，通常都示人以境，意在境外，作者的身份较隐蔽，与读者的距离有意拉长，“隔山唱歌”，但闻其声，不见其人。偶或即境之际，触目会心，意溢于境，却仍就境写之，以深比兴之旨。如苏轼《六月二十日夜渡海》：

参横斗转欲三更，苦雨终风也解晴。
云散月明谁点缀，天容海色本澄清。
空馀鲁叟乘桴意，粗识轩辕奏乐声。
九死南荒吾不恨，兹游奇绝冠平生。

元符三年（1100）六月二十日，被贬到海南岛的苏轼遇赦北还，诗即作于此时。第二年诗人就去世了。这位屡经打击，一贬再贬，在海南岛度过四个年头，濒临老死而始得生还的诗人，当他踏上北归之途时，心头该有一番怎样的感受呢？诗的前半却不作正面抒发，而仅就眼前之境写之，其心迹已朗然可见。纪昀以为“前半纯是比体，如此措辞，自无痕迹”。[1] 所谓“无痕迹”，是说看似写夜间渡海实景，却又意兼比兴而不露比兴之痕迹。参横斗转，夜过三更，天快要亮了，恼人的风雨终于过去，天色转晴了。仰视长空，云散月明，海天澄澈，又恢复了本初的风貌。这是写风恬雨霁的黎明前的海天景色，却又是抒发饱经风雨、终得昭雪生还的诗人的内心感受，客观外境与主观心境融合为一。在造句上也显出这种特色：先以四字写景，推出画面，继以三字抒情，从旁点发，有如电影的“画外音”，声画结合，深化了意境的内涵。“云散月明”两句还妙在既是眼前实景，又是典故性的意象，从而更丰富了意境的内涵。《世说新语·言语》载：谢重陪司马道子夜坐，当时明月皎洁，夜空如洗。司马道子赞叹月景很美，谢重却以为不如有几片“微云点缀”。道子与他开玩笑说：“你自己居心不净，还想点污明净的太空吗？”有的注释家认为“云散月明谁点缀”是讽刺“居心不净”、扰乱朝政的当权小人，如章惇之流，而“天容海色本澄清”，则是苏轼自明心迹，一切强加的诬蔑之词既已扫去，问心无愧的自我也就恢复了澄明清澈的本来面目。在这里，物境的比兴意味，由于典故意象的潜入而更显得深沉隽永，耐人寻味。

即景见意虽然多以内向性的含蓄取胜，但也不可一概而论。苏轼这首诗的前半虽即目取境，意兼比兴，而感情色彩颇外现。有的诗取境真切鲜明，情感亦随画面涌现，勃然溢于境外。如北朝民歌《敕勒歌》：

[1] 李庆甲《瀛奎律髓汇评》，上海古籍出版社 1986 年版，第 1564 页。

敕勒川，阴山下。
天似穹庐，笼盖四野。
天苍苍，野茫茫，
风吹草低见牛羊。

境象苍茫阔大，而北方游牧民族那种宽阔的胸襟，豪迈的气概，以及对这一片与生命相联结的土地的热爱之情，都洋溢于如画的诗境之中。

这种诗取境自然，如即目吟成，境意天然凑泊，不见人工锤炼的痕迹。从意境浑成的角度看，并不比含蓄深隐者逊色，甚或还胜过一头。王夫之《姜斋诗话》说“古人绝唱，句多景语”，所举如“高台多悲风”（曹植《杂诗》），“胡蝶飞南园”（张协《杂诗》），“池塘生春草”（谢灵运《登池上楼》），“亭皋木叶下”（柳恽《捣衣》），“芙蓉露下落”（萧悫《秋思》）等，都是发自直接的审美感兴，即境寓目之际，情感已随直觉而生，并与境象融为一体，王夫之把这种仿佛自然现成的审美感兴喻为佛家的“现量”[1]。所谓“现量”，兼有“现在”“现成”“显现真实”三义[2]。“现在”指当下的直接感知，犹钟嵘所谓“即目”；“现成”指瞬间的直觉感受，“一触即觉，不假思量计较”，即不须抽象思维的参与，犹钟嵘所谓“直寻”；“显现真实”指感性生动而完整真实地把握客观对象，和盘托出，现其“实相”。这一看法，可以看作对“意与境浑”的深刻阐发。

（五）即意见境

这一类意境的生成通常有两种情况：一是情思化为想象，从而幻

[1] 王夫之《姜斋诗话》卷二。
[2] 王夫之《相宗络索·三量》。

化出一个类似真实的境界；二是激情创造氛围，虽不显示具象的境界，却可以从特定的情感氛围中感知境界的存在。

第一种情况，如《诗经·魏风·陟岵》写一位征人登高望乡，想象家中的父母和兄长正在惦记他，念叨他，同情他行役辛苦，希望他保重，盼望他早日归家。诗分三章，在想象中逐次展现父亲、母亲和哥哥想念的情景。现录其首章：

> 陟彼岵兮，瞻望父兮。
> 父曰：嗟！予子行役，夙夜无已。
> 上慎旃哉，犹来无止！

这位征人登山望乡（岵，hù，多草木的山），看见他父亲正在想念他，自言自语地说："咳，我那孩子出门远行，起早摸黑不歇脚。孩子，你多保重啊，早点回家，千万别久留在他乡！"不写自己想念家人，却写家人想念自己，写来境界逼真，口吻逼肖。把主体的情思客观化，成为观照的对象，却正是从另一方面丰富了思乡的情感内涵，仿佛使人看到这位征人凝情望乡之际那种神不守舍的形象。旧注把父亲说的话当作对儿子的临别叮嘱，虽也勉强可通，但情味大减。

其实情思化为想象，是一种常见的心理过程，许多诗人处在类似的情景下，会写出想象轨迹大体近似的作品。如白居易《至夜思亲》："想得家中夜深坐，还应说着远行人。"王建《行见月》："家人见月望我归，正是道上思家时。"韦庄《浣溪沙》："夜夜相思更漏残，伤心明月凭阑干，想君思我锦衾寒。"在这方面最感人的绝唱要推杜甫的《月夜》：

今夜鄜州月，闺中只独看。
遥怜小儿女，未解忆长安。
香雾云鬟湿，清辉玉臂寒。
何时倚虚幌，双照泪痕干？

诗人此时陷身于被安史叛军占领的长安，而妻儿家小都寄居鄜州（今陕西富县），乱离之际，音信断绝。当他望月思家之时，眼前忽然幻出妻子正在望月思念自己的情景，她一定为自己的处境焦心，可怜身边的儿女还小，不懂得妈妈的满腹心事，更不能为她分忧。诗人仿佛看到妻子孤独望月的愁苦神情，看到她久久地伫立，以至夜雾沾湿了她的发鬟，身体在月光下受凉还不觉得。真是历历如绘，字字含情。“何时倚虚幌”二句，则从想象的幻境中回到现实，在痛苦中升起对未来的希望。

在第一种情况中，还有一种介于想象和写实之间的意境，但从总体看，仍属主观心境的投射，幻化的性质较为明显，所以仍为即意见境之作。例如苏轼《卜算子·黄州定慧院寓居作》：

缺月挂疏桐，漏断人初静。谁见幽人独往来？缥缈孤鸿影。　惊起却回头，有恨无人省。拣尽寒枝不肯栖，寂寞沙洲冷。

这首词是元丰五年（1082）十二月苏轼谪居黄州时的作品。夜深人静，疏落的梧桐树梢挂着一钩冷月。这时仿佛有个幽人独自往来，影影绰绰，好像一只缥缈的孤鸿。上片写得境地幽寂，孤独冷清之气逼人而来。这个“幽人”，或许是作者自指，或许出于想象，或许就是缥缈的孤鸿吧？恍恍惚惚，令人难以确指。下片却专就孤鸿着笔，说这只孤独的鸟儿惊恐不安，心怀幽恨而无人理解，拣尽寒枝而不肯栖息，最后只得归宿于寂寞荒寒的沙洲。句句写孤鸿，却又句句似“幽人”，句句似受贬谪的诗人的自我写照。缥缈的“孤鸿”、独往独来的“幽人”，以及吟咏这“孤鸿”和“幽人”的诗人，三位一体，难分彼此；外在的第三人称的描述视角和内在的第一人称的抒情态度亦复融合为一。整个意境展拓出一个广阔的想象空间，弥漫着空灵奇幻的意趣。黄庭坚赞其“语意高妙，似非吃烟火食人语”[1]。这个高妙的意境，与其说受外境的触发，不如说是谪居的幽愤心情的外化。有人不解此意，说什么此词是为王氏女子而作[2]，也有人说是为温都监之女而作[3]，都是牵强附会、捕风捉影之词，不足凭信。

有的即意见境之作，写境逼真，但想象之迹亦分明可见，作者命意之初，并不想认虚作实，以假为真，而是通过想象的虚幻性的逗露，从真幻虚实的矛盾中，表现一种喜剧性的情趣。例如刘过的《沁园春》：

> 斗酒彘肩，风雨渡江，岂不快哉！被香山居士，约林和靖，与坡仙老，驾勒吾回。坡谓：“西湖正如西子，浓抹淡妆临照台。”二公者，皆掉头不顾，只管传杯。　白云：“天竺去来，图画里峥嵘楼阁开。爱东西双涧，纵横水绕；两峰南北，高下云堆。”逋曰：“不然，暗香浮动，不若孤山先访梅。”须晴去，访稼轩未晚，且此徘徊。

[1] 胡仔《苕溪渔隐丛话》前集卷三十九所引。
[2] 见吴曾《能改斋漫录》卷十六。
[3] 见王楙《野客丛书》卷二十四。

据岳珂《桯史》载：辛弃疾为浙东安抚使时，闻刘过之名，特地派人请他到驻地绍兴相见，刘过当时在杭州，因事不能往，作此词谢之。作者说本想趁风雨快意渡江，赴辛弃疾之约，却不料被白居易、林逋、苏轼这三位大诗人挡了驾。他们纷纷夸说西湖景色之美，竞相约他探访名胜，只得再盘桓数日，索性等天晴了再访辛弃疾也不迟。作者把三位不同年代的诗人撮合在一起，而且巧妙地把三位诗人的佳句点化为对话，构成一个奇幻而风趣的意境。作者虽然没有说明未能赴约的真实原因，却俏皮而友好地表达了尽管暂时不能赴约，但一定会探访对方的意愿，形式看似荒诞，情意却是真诚的。岳珂跟作者开玩笑，说他是“白日见鬼”，然而这满篇“鬼话”的荒诞色彩，正淋漓尽致地表现了诗人豪爽而幽默的个性。

刘过这首《沁园春》在构筑意境时，有意造成显而易见的荒诞色彩，读者自能懂得它的含义，并报以会心的微笑。另外有一种情况：诗人凭空结想，虚构一个不曾有过的意境，看起来却十分真实，诗作本身丝毫没有透露一点虚幻的消息，倘不明背景和本事，便会以假当真，而作为诗来看，并无碍其为佳作。例如郁达夫和王映霞分手之后，写过两首著名的《南天酒楼饯别映霞》的七律，写得凄楚动人，情景逼真。但是据王映霞回忆，实际上根本没有什么南天酒楼饯别的事，这纯然是诗人事后情思郁结不能自遣而幻化出来的“空中楼阁”。

现在我们来说即意见境的第二种情况。这种诗有充沛的感情而缺乏具象性的境界，然而强烈的情感所产生的浓重氛围，却足以让人感到有一个对应性的环境存在着，这种“境”是可以感知而不可指实的。这种强烈的情感之所以产生，并不是一般的具体事物的感兴，而是导源于复杂和深刻得多的诸种因素的综合，这也是形成“境”的宽泛性和不可指实的重要原因。我们不妨来看看项羽的《垓下歌》：

力拔山兮气盖世，时不利兮骓不逝。

骓不逝兮可奈何，虞兮虞兮奈若何！

这位叱咤风云、不可一世的英雄人物，被刘邦围于垓下（今安徽灵璧县东南），兵败途穷，面对骏马爱妾，悲歌慷慨，哀叹时运不济，天不佑我。一个有拔山之力盖世之气的堂堂好汉，却连心爱的女子也不能保护，对于即将降临的悲剧命运束手无策，徒喊奈何。这种英雄末路的深沉悲慨，回肠荡气，撼人心魄。它虽然没有具体描写项羽身陷重围、“四面楚歌”的困境，却从所产生的浓重悲剧氛围中使我们深切地感受到他的处境，而且从他濒临灭亡之际，俯仰今昔，毫不自省，却归咎于天命时运的迷妄中，更使我们感到这位一时之雄由崛起而走向衰亡的历史必然性，从而大大拓深了意境的内涵。

跟项羽的《垓下歌》恰成对照的是刘邦的《大风歌》：

大风起兮云飞扬，威加海内兮归故乡。

安得猛士兮守四方！

公元前 195 年，刘邦登上帝位之后的第七年，十月间他击破英布的叛乱，在归京途中顺道回到故乡沛（今江苏沛县），召集故乡的父老子弟，举行隆重的宴会。酒酣之际，这位六十二岁的皇帝击筑（一种弦乐器）而作此歌。他还让一百二十个青年人组成的合唱团来歌唱，自己也随歌起舞，“慷慨伤怀，泣数行下”[1]。

[1] 司马迁《史记·高祖本纪》。

朱熹很推崇这首歌，赞叹说："自千载以来，人主之词，亦未有若是其壮丽而奇伟者也。呜呼雄哉！"[1] 这首歌确实雄奇壮伟，慷慨激昂，显示出一位扫平天下、衣锦还乡的英雄帝王的非凡气度，然而也流露出某种居安思危的忧虑。这首在故乡宴会上即兴而作的歌，却无一语涉及欢宴的情景，抒发的不是深长的乡情，而是对于荡平天下、威加四海的一生历程的回顾，以及治国安邦、守土求将的渴望。全诗的基调高亢激越，又复带有一丝苍凉的意味，它所产生的境界也相应地显得阔大深沉，远远地超越了具体的乡宴场面。但是这一阔大的境界，却又与这位垂老还乡的帝皇特定情景下的内心活动相联系，他的踌躇满志和一腔心事也只有在这样的场合才能尽情地表露出来，因而这一境界虽超越于具体场景，却又包括具体场景于其中。

上面列举了意境生成的五种方式，只是按其类别，大体区分，不可拘执。意与境的具体融合，可以呈现丰富多变的形态，任何一种方式都难完全概括。每一首成功之作的意境都是独特的，富有个性的，都是对某种成规的突破，然而另一面也丰富和加深了我们对某些共同性规律的认识。

意境的示现

意与境因不同的主客观条件和不同方式的交融而构成意境，就在诗人感兴之际或酝酿之时已逐渐成形，但要把心头的境界化为笔下的境界，还须通过相当的艺术手腕，"得于心"还要"应于手"，否则意

[1] 朱熹《楚辞后语》卷一，《楚辞集注》，上海古籍出版社 1979 年版，第 223 页。

境还是出不来。

王国维《人间词话》云："'红杏枝头春意闹'，著一'闹'字而境界全出。'云破月来花弄影'，著一'弄'字而境界出矣。"所谓著一字而境界全出，正是说意境的艺术表现至关重要。"红杏枝头春意闹""云破月来花弄影"，如果不用"闹""弄"这两个画龙点睛的字眼，而用别的字眼，也许仍可以有某种意境，但内涵不丰富，表现不生动，意境（境界）不能"全出"，档次就低了。境界不能"全出"，是指诗人主观所想表现的东西由于找不到最恰当的形式而打了折扣，相应地读者的想象力和再度创造潜能也受到了限制。但是所谓"境界全出"，绝不是指和盘托出，了无余蕴。意境"全出"，从诗人艺术表现的角度来说，是指把客观的物境和主体的情意最大限度地展示出来；做到物态人意兼擅其美，各极其胜。从读者接受的角度来说，是指意境生动含蓄，富于暗示性，能最大限度地诱发读者的想象力和激活其再创造的潜能。以"红杏枝头春意闹"来说，著一"闹"字，至少可引发下列联想并表现相应的意蕴：（1）从"闹"而联想到"闹猛"，可见枝头杏花怒放，十分繁茂；（2）从"闹"而联想到"红火"，可见鲜红的杏花，明艳如火；（3）从"闹"所引起的听觉感受，仿佛可以听到杏花在枝头发出春天的欢呼；（4）从"闹"所流露的主体审美感受，可以体会到诗人兴奋激动的心情，如此等等，联想的翅膀，还可以飞翔得更远。而这些联想之所以能产生，也正说明这个"闹"字对读者的诱惑力。因而无论从诗人的表现来说，还是从读者的接受来说，著一"闹"字而"境界全出"矣。

王国维所谓著一字而境界全出，既是炼字，也是炼意，这类例子在古典诗歌中很多。如齐己的《早梅》诗："前村深雪里，昨夜数枝开。"郑谷说："'数枝'非'早'也，未若'一枝'佳。"齐己叹服，拜郑谷为“一字师”。[1]“一枝”之所以胜于“数枝”，并不在于数量多少的表层含义，而在于这一枝傲雪先开的梅花，最早宣告春天的消息，最先在严寒中带来暖意，春光就从这一枝上开始，这一枝便成了春色的最初象征。由于只有一枝，而显得更集中而有典型性，诗人对它的惊喜赞叹之情也显得更强烈而深挚。

王安石赞赏唐人皇甫冉《归渡洛水》诗的首句“暝色赴春愁”。有人把“赴”字改为“起”字，王安石说：“下得‘赴’字最好，若下‘起’字，便是小儿语也。”[2]“暝色起春愁”，写行客因见暮色而触发春愁，是一种较为平实的抒情；“暝色赴春愁”，则把暮色写成有生命知觉的事物，它追赶着满怀春愁的行客，不放他走。这就把“愁因薄暮起”（孟浩然句）的关系颠倒过来了，见得行客不但无计排遣春愁，反而因暮色而更甚；同时，“赴”字还有“奔赴”“齐集”的意味，暮色驱使春愁齐集于行客一身，更使他难以为怀。“起”字从主体感受着眼，情感内涵显得平浅一般；“赴”字从客体着笔，主体的情感内涵却显得丰富而独特。清人王士禛赞赏王安石的慧眼，有诗云：“诗人一字苦冥搜，论古应从象罔求。不是临川王介甫，谁知暝色赴春愁”（《戏仿元遗山论诗绝句三十二首》之十三）。

又如苏轼赞赏杜甫“轻燕受风斜”的名句，“以谓燕迎风低飞，乍前乍却，非‘受’字不能形容也”。[3]赵令畤欣赏欧阳修《浣溪沙》词：“堤上游人逐画船，拍堤春水四垂天。绿杨楼外出秋千。”认为“此等语皆绝妙，只一‘出’字，是后人着意道不到处”。[4]“受”字、“出”

[1] 见陶岳《五代史补》卷三“齐己”。

[2] 魏庆之《诗人玉屑》卷六引《钟山语录》，上海古籍出版社 1982 年版，第 142 页。

[3] 魏庆之《诗人玉屑》卷六引《诗眼》，上海古籍出版社 1982 年版，第 142 页。

[4] 魏庆之《诗人玉屑》卷六引《侯鲭录》，上海古籍出版社 1982 年版，第 142 页。

字，都不仅见体物摹状之工，而且洋溢着主体的情感态度。

欧阳修的《六一诗话》还记载了一则“填字”的佳话：

> 陈公时偶得杜集旧本，文多脱误，至《送蔡都尉》诗云：“身轻一鸟”，其下脱一字。陈公因与数客各用一字补之。或云“疾”，或云“落”，或云“起”，或云“下”，莫能定。其后得一善本，乃是“身轻一鸟过”。陈公叹服，以为虽一字，诸君亦不能到也。

一个偶然的脱字，成为检验诗才的试金石。“身轻一鸟过”，一个“过”字，使他人试填的“疾”“落”“起”“下”等字都相形见绌，自叹不如。这个“过”字，不像“落”“起”“下”那样确定其动势，却只是一闪而过，动势飘忽不定，更见神出鬼没，身手不凡。“过”可以包括“疾”的意思，“疾”只是形容其快速，“过”则既见快速，又有物体闪过的形象感，同时兼有诗人形容赞叹和对象身轻如飞鸟的自我感受等多重意味。

凡此等等，一字之微，乃有关于境界全局，通常称之为“诗眼”“词眼”。这确是画龙点睛之所在，一字既下，神情飞动；找到这一个不可移易的字，也就好像找到了开启境界的钥匙。这种能使“境界全出”的字眼，其实就是最敏锐、深刻的诗意感觉。诗人将这种感觉纯化并突现出来，使之成为具有辐射作用的核心意象，通体亦为之生辉。犹如高手的一只妙着，使全局皆活。倘无敏锐而深刻的诗意感觉，徒事咬文嚼字，是不可能找到这种字眼的。《文心雕龙 · 练字》所谓“富于万篇，贫于一字”，即指这种情况。

还应该看到，并非所有的意境都有赖于某一个关键的字眼才得以呈现，也并非有了“诗眼”或“词眼”，就是最好的意境。诗人的感觉和情志因内外条件的不同而变化，有时凝聚于一点，有时弥漫于一片，有时逐次深入，有时曲折回环，如此等等，不一而足。意境的呈现和深化，也因而呈现出多种多样的形态。以下择其要者，略加分说。

感觉印象在面上的逐渐扩大和情感态度在点上的逐渐深化，使意境的融合逐次推进，而呈现出一种层递性的深度感。这种意境不以某一字取胜，感觉和情感不停留在某一点上，却通过自然而然的递进关系形成立体纵深的意蕴空间，使读者逐次深入，玩索不尽。

杜甫的《登高》是一首七律名作，胡应麟《诗薮》推为“古今七律之冠”。一般多赞赏其颔联“无边落木萧萧下，不尽长江滚滚来”，沉郁悲凉，即景见情；宋人罗大经却称许此诗的颈联“万里悲秋常作客，百年多病独登台”，他说：

> 盖“万里”，地之远也；“秋”，时之惨凄也；“作客”，羁旅也；“常作客”，久旅也；“百年”，暮齿也；“多病”，衰疾也；“台”，高迥处也；“独登台”，无亲朋也。十四字之间含八意，而对偶又精确[1]。

所谓“十四字之间含八意”，并不是平面地铺叙多种情思，而是触目兴感，情感逐次生发，逐层深化：“万里”，已兼有作客和路远二意，每逢秋天摇落的季节，更使人触目生悲；更何况“常作客”，久滞他乡，不能归去，年年悲秋，其心绪可知；人生不过百年，如今年老又

[1] 罗大经《鹤林玉露》乙编卷五，中华书局 1983 年版，第 215 页。

兼多病，扶病登台，本欲以排遣愁怀，却又深感形单影只，更增寂寞悲凉之情。这逐层生发的多种情思，贯串着统一的悲凉基调，却又由浅而深，由淡而浓，心理活动的发展层次清晰可见。

宋人李觏的七绝《乡思》，也颇富层深的意趣：

> 人言落日是天涯，望极天涯不见家。
> 已恨碧山相阻隔，碧山还被暮云遮。

望乡之情，因视线的被阻而逐层深化，情景的变化呈一种逆向性的推进。李商隐的“刘郎已恨蓬山远，更隔蓬山一万重”（《无题》），亦以层递的方式抒写相思的惆怅，却把空间的阻隔虚化为主体的心理感受了。

清人毛先舒说：

> 词家意欲层深，语欲浑成。作词者大抵意层深者，语便刻画，语浑成者，意便肤浅，两难兼也。或欲举其似，偶拈永叔词云：“泪眼问花花不语，乱红飞过秋千去。”此可谓层深而浑成，何也？因花而有泪，此一层意也；因泪而问花，此一层意也；花竟不语，此一层意也；不但不语，且又乱落，飞过秋千，此一层意也。人愈伤心，花愈恼人，语愈浅而愈入，而绝无刻画费力之迹，谓非层深而浑成耶？然作者初非措意，直如化工生物，笋未生而苞节已具，非寸寸为之也。若先措意，便刻画愈深，愈堕恶境矣。此等一经拈出后，便当扫去。[1]

[1] 王又华《古今词论 · 毛稚黄词论》。见唐圭璋编《词话丛编》第一册，中华书局 1986 年版，第 608 页。

毛先舒指出“意欲层深”和“语欲浑成”存在一定的矛盾，要使二者得到高度的统一，并非易事。他举欧阳修《蝶恋花》中的名句为例，认为这是二者得兼的成功之作。所谓意欲层深，是原有深挚的情意，而不是人为地刻意求深，唯其如此，才能意到语随，自然浑成。但是当作者吟味内在的深挚情意，并把它作为表现的对象时，则又是经过自觉的艺术加工，并非纯任自然。因而确切地说，看来“初非措意”，实经艺术匠心，所谓“直如化工生物”，乃是心灵化育的“第二自然”。作者的本领在于使语言巧妙地顺应情意活动的节奏变化，自然而生层次，不露刻画的形相。读者在涵泳时，也只是感到意境深沉，而无明显的层次痕迹。所谓可分若干层次，只是一种理性的分析，于作者来说，原在有意无意之间；于读者来说，也许可以帮助理解，却不能代替自己的感受；所以“一经拈出后，便当扫去”。

意境的呈现和深化，还有一种与层递颇相近似，那就是转折。层递是一意贯穿，逐层递进，愈进愈深；转折则由一意而旁生他意，一波三折，跌宕多姿。

请看贾岛的《访隐者不遇》：

松下问童子，言师采药去。
只在此山中，云深不知处。

这首小诗寓问于答，围绕访人不遇的情绪变化，极尽曲折之能事。“松下问童子”，所问何事，即在下句点明。“言师采药去”，是对略去的“汝师在家否”的回答，使探访者跌入访人不遇的失望之中。“只在此山中”，又是对略去的“采药往何处”的回答；就探访者来说，既已专程而来，不甘废然而返，自然会有此一问，却原来采药不远，于是又升起一线希望。“云深不知处”，则是对讯问具体采药所在的回答，使刚刚恢复的一线希望又归于破灭。面对满山云雾，在怅然若失之际，对于这位神龙一般深藏于云中的隐者，不禁增添了几分神秘之感和渴慕之情。短短二十个字，腾挪曲折，跌宕起伏，写尽访人不遇的心情变化，又自然带出被访者的身份品格，极为难得。贾岛本是著名的苦吟诗人，在锤炼字句方面很见功力，这首小诗却并不以“一字见境界”的诗眼见胜，而抓住情意发展变化的过程，写来层深曲折，自然浑成，在短小的篇幅中展拓出较为深广的意境天地。

又如唐无名氏的《醉公子》词：

门外猧儿吠，知是萧郎至。刬袜下香阶，冤家今夜醉。扶得入罗帏，不肯脱罗衣。醉则从他醉，还胜独睡时。

明卓人月《古今词统》卷三引《怀古录》云：

此唐人词也。前辈谓读此可悟诗法。或以问韩子苍，子苍曰：只是转折多耳。且如喜其至，刬袜下阶，是一转也；而苦其“今夜醉”，又是一转；喜其“入罗帏”，是一转矣，而“不肯脱罗衣”，又是一转；后两句自家开脱，又是一转。

所谓“转折多”，并非“将军欲以巧胜人，盘马弯弓故不发”的那种蓄意卖弄，而是女主人公心理变化过程的真实写照。所以徐士俊说：“是真境，非文人寸管所能造。”[1] 女主人公微妙的心理变化是通过动作

[1] 卓人月、徐士俊《古今词统》卷三所引。

和事件过程自然地显示出来的。一波未平，一波又起，情绪的转折表现为一种动态的层次变化，承前启后，环环相接，如果脱落任何一环，整条诗链就会涣散，情绪的转折也会显得突兀而不可理解。从艺术表现的角度看，这类诗脉理严谨细密，所以颇受古代诗论家的推许，认为“可悟诗法”。韩驹（子苍）所谓“转折多”，也是从诗法的角度说的。他还向求教诗法者推荐过唐金昌绪的《春怨》：“打起黄莺儿，莫教枝上啼。啼时惊妾梦，不得到辽西。”这首小诗也富于层递转折的意趣，韩驹以为学诗者不妨“参此诗以为法”。[1]

层递和转折的情景融合大致是取纵深的趋向，逐层深入，移步换形，意境空间层面的拓展与时间过程的推移同步进行。读这种诗，好像看电影的跟镜头，动作层次分明，情绪变化丰富，节奏感强烈，整个意境给人一气流转的美感。

回环式的情景融合，不同于纵深的线性矢量，而呈现为圆周形的曲线，它围绕一个中心点旋转，周而复始，如环之无端；意境圆融无碍，在螺旋式的运动中得以呈现和深化。

民歌中常见的复沓形式，造成回环往复的情趣，即属此类。《诗经》中较常见。如《诗经·卫风·木瓜》：

投我以木瓜，报之以琼琚。
匪报也，永以为好也。

投我以木桃，报之以琼瑶。
匪报也，永以为好也。

[1] 魏庆之《诗人玉屑》卷六。

投我以木李，报之以琼玖。
匪报也，永以为好也。

词语复沓而稍见错综，可以往复歌唱，以充分表现绵绵不尽的情愫。

有的诗虽然不用分章复沓的形式，却仍有回环往复的情趣。如汉乐府民歌《江南》:

江南可采莲，莲叶何田田!
鱼戏莲叶间。鱼戏莲叶东，
鱼戏莲叶西，鱼戏莲叶南，
鱼戏莲叶北。

江南水乡，荷叶田田，采莲姑娘的小舟穿行于连天叠翠的荷叶之间。诗没有正面描写姑娘们轻盈的身影和愉快的心情，却通过无数戏游于莲塘中的鱼儿来比拟和渲染。全诗以“鱼戏莲叶间”的象喻为中心，让活动的游鱼意象向东西南北辐射，形成一个旋转的圆周。实际上鱼儿的戏游决不会按诗行的顺序，由东而西、由南而北地进行；然而因为诗描写物象，不同于绘画并列地呈现在二度空间上，诗只能逐次描写，物象的展现有过程性，通过读者的想象把它们联结为一个整体。在这里，四个复沓性的相同句式，是以历时性的形式，展现一个共时性的活动空间。在同一时间中，鱼儿可以向空间的任何方位游动，因而这是一个形式规律而内容自由的空间，一个充满诗情画意的空间。它融合了以空间为表现媒介的图画和以时间为表现媒介的诗歌的特点，时间的流动和空间的旋转通过想象而相互重合了。因而这首美妙的江南莲歌仿佛永远唱不完，这欢乐的活动画面仿佛永远看不尽，采莲姑娘们“游荡无节”的青春活力和自由活泼的心态，就这样化作永恒的诗情画意。

后世文人对这种艺术手法颇有心喜而仿效者，如杜甫《杜鹃》诗的前四句：“西川有杜鹃，东川无杜鹃；涪万无杜鹃，云安有杜鹃。”杜鹃的或有或无，正写出诗人身在蜀中，每到一地都不能忘情这种古帝之魂所化的悲鸣之鸟。有人不懂得这种手法和用意，以为这四句不像诗，而是诗题下的小注。宋人王观国看出这是一种诗格，他说杜甫的另一首绝句：“前年渝州杀刺史，今年开州杀刺史。群盗相随剧虎狼，食人更肯留妻子？”也与这首《杜鹃》诗相类似。吴曾则进一步指出它与乐府古辞《江南》的渊源，认为“子美正用此格”[1]。

清初刘坊《云南曲》二首，形式上模仿《江南》的痕迹更为明显[2]：

云南好草场，百里连山冈，
青草油油光。东也有草场，
西也有草场，南也有草场，
北也有草场。

云南好畋猎，老豹肥欲死，

[1] 吴曾《能改斋漫录》卷十“杜子美杜鹃诗用乐府江南古辞格”。上海古籍出版社 1979 年版，第 288 页。
[2] 见邓之诚《清诗纪事初编》卷二，诗前有小序。上海古籍出版社 1984 年版，第 289 页。

雉兔无踪迹。兵围民屋东，
兵围民屋西，兵围民屋南，
兵围民屋北。

清初，吴三桂以镇压农民起义和执杀南明桂王功，封平西王，驻守云南。他把昆明三百里内划为刍牧场，又营建别墅三百多所。平民百姓则被扫地出门，东西南北，到处都是吴三桂的草场，到处成了老百姓的禁区和被敲诈勒索的危险地区。当这位骄横跋扈的将军出来打猎时，就以追索逃跑的野兽为理由，包围民宅，劫掠财物。这种复沓回环的结构，形成四下包围的态势和连续不停的骚扰之感，把老百姓不堪其苦的处境和惴惴不安的心情形象地表现出来。

李商隐的《夜雨寄北》，在意境的回环结构上显得空灵而多变化，心理色彩很浓，是这方面富有创造性的代表作：

君问归期未有期，巴山夜雨涨秋池。
何当共剪西窗烛，却话巴山夜雨时。

全诗由妻子讯问归期，引逗出回环不尽的思归念远之情。首句是问归而不能归；次句借景抒情，言欲归不能的痛苦；第三句用转折之笔，写不能归而望归的心愿；结句则神往于想象中的归家之乐。全诗以“巴山夜雨”为中心意象，前后迭见，虚实交错，既从现在想望将来，由离望合，以将来会合的欢乐来驱遣眼下的羁愁旅怀；又从将来回想现在，由合话离，把现在的离愁化为他日欢聚时的愉快回忆。回环往复，现在时空与想象时空相渗透，愁苦之怀和欢乐之情相转化，而想象中的欢乐又恰恰成了现实的离愁的反衬，并更加激起思归之情，于是思绪的循环似乎会无穷无尽地进行下去。意境回环的魅力就在于此。

李商隐这首诗所写的思归的心理活动，是一种带有普遍性的联想心理，因而很能触发类似情境中的人们的情绪共鸣。自此诗一出，自觉的仿作和不自觉的暗合皆有之。宋张耒的《夜闻风雨有感》：

留滞招提未是归，卧闻秋雨响疏篱。
何当粗息飘萍恨，却诵僧窗听雨诗。

命意构思，明显受到李商隐《夜雨寄北》的影响。

据宋邓椿《画继》记载：僧人智永画了一幅《潇湘夜雨图》，请邵博题词，邵博即题一诗："尝拟扁舟湘水西，篷窗剪烛数归期。偶因胜士挥毫处，却忆当年夜雨时。"邵博对此诗颇自我欣赏，问智永："从前有人作过这样的诗吗？"智永就吟诵李商隐的《夜雨寄北》。邵博很吃惊，连忙把诗拿回去修改，第二天将改稿交给智永："曾拟扁舟湘水西，夜窗听雨数归期。归来偶对高人画，却忆当年夜雨时。"虽然改了几个字，基本面目仍酷似李诗。这是因为创作构思时相似的联想心理已先入为主，基本定型化了，所以很难完全改变。这是一个无心暗合的例子。

如果说，"著一字而境界全出"，是以点见面，关键在"点"，不妨称之为"点状"示现结构；层递和转折，则是逐层拓进，向纵深发展，不妨称之为"锥状"示现结构；而复沓回环，就是一种"圆形"示现结构了。此外，以对比、映衬来突现诗的意境，也较为常见，如平和奇、动和静、巧和拙、隐和秀等等。王夫之曾举《诗经·小雅·采薇》"昔我往矣，杨柳依依；今我来思，雨雪霏霏"，来说明

“以乐景写哀，以哀景写乐，一倍增其哀乐”[1]。这种相反相成的反衬，处于对比和映衬之间；倘从其在平面上展开不同情景的对比或映衬这一点来说，则有如扇面之正反相衬，因而不妨称之为“扇形”示现结构。

意与境的矛盾统一，意始终是主要的一面，其统一的方式可以多种多样，而抒发情意的本质不会改变。纯是物境不成为诗，口诀而已。王国维《人间词话》分意境为“有我之境”与“无我之境”，认为“有我之境，以我观物，故物皆著我之色彩。无我之境，以物观物，故不知何者为我，何者为物”。其实意境均为“有我之境”，无“我”则无“意”，倘谓物亦有“意”，则物之意何由得见？亦无非出于“我”之观照与体察而已。故无“我”则不成其为意境。所谓“以物观物”，不过是一种修辞性的说法，物与我的界限主观上想泯灭，客观上却不能泯灭，倘若真有什么“以物观物”，则心如木石，感官的活动停止，就不会有诗的产生。物之能入诗，如所谓“剪取秋光入小诗”“劳渠蟠屈小诗中”，都是诗人观照和创造的结果。

诗中所谓“无我”，大多是在感兴之际，情与境契，忘神冥化，心境融入物境，自我悄然消失。如水月澄明，不知何者为水，何者为月；然“掬水月在手”，月之无形仍可把玩。忘神冥化，在主体虽似“无我”，在他人眼中，却更能显示“我”之心态，心灵之窗在“忘神”之际已悄然开启了。有时淡化情感，恰恰是强化的一种手段。“而今识尽愁滋味，欲说还休，欲说还休，却道天凉好个秋！”吞吞吐吐，不大想说，或者说句扯淡话，却见得更深沉，更有过来人的丰富的人生体味。鲁迅也说过，墙上画的几个圆圈，地上烧存的一堆纸灰，那意思

[1] 王夫之《姜斋诗话》卷上。

比喊出来的还要有力。的确，情意不一定都要诉说，有些情意甚至很难用言语诉说；一颦一笑，一个眼神，一个动作，有时所表达的情意比说出来远为深沉和丰富。“欲得周郎顾，时时误拂弦”“贪与萧郎眉语，不知舞错伊州”，这两位歌舞女郎有意或无意的“错误”动作，表达的正是一种难以明言的爱慕心理。

意是境的灵魂，境的深浅，视意的深浅而定。用意深者境深，用意浅者境浅；有不凡之意，乃有不凡之境。故诗人贵在别有会心，别出心裁，能打破思维惯性，以自己独特的审美眼光去审视世界，以自己独特的价值标准去评价世界，出新意，辟新境，创造一个“为我”的艺术王国。

“象外之象”与“言外之意”

意境重在境中有“意”，它不是客观实境的照摹照写，而是经过“意”的薰染或幻化，带有精神世界的复杂丰富的内涵和变幻空灵的特点。意境的艺术功能，不但在于创造一种情景交融的艺术境界，使人目接神遇，感同身受，而更在于透过表层的境象，显示深层的意蕴，使人见“象外之象”，会“言外之意”。

《文心雕龙·隐秀》说：“隐以复意为工。”又说：“隐也者，文外之重旨者也。”所谓“复意”“重旨”，都是指隐于言外的深层意蕴。唐代诗僧皎然《诗式》指出：“两重意以上，皆文外之旨。”认为诗的意蕴是多层的，文内之意是有限的，文外之意则是涵泳不尽的。唐代诗人刘禹锡在《董氏武陵集记》中说：“片言可以明百意，坐驰可以役万景，工于诗者能之。”“百意”能容于“片言”之中，“万景”可现于“坐驰”之间，正说明诗歌意境具有极大的包容性和变幻性。刘禹锡还指出："诗者，其文章之蕴耶？义得而言丧，故微而难能；境生于象外，故精而寡和。"[1] 他认为诗是文章的精华，具有得意忘言、境生象外的特点。"义得而言丧"和"境生于象外"这两句话，分别从言意和境象两个方面，概括了诗歌意境具有言外之意和象外之境的特点。（附带在这里提一下，当代有的学者已注意到刘禹锡的这一观点，却只拈出"境生于象外"一点，而放过"义得而言丧"一点，似乎未得其全。）其实从根本上说，"象外之境"，既非实境，而是通过想象所感受到存在于有形描写之外的某种境界，这种审美感受最终仍归结于某种意味的领悟，因而通常谈诗者都说"言外之意"，而"象外之境"已包括其中。

朱熹晚年与弟子谈诗，指出诗有内外两重意义，不仅要懂得表层的"文义"，还要体会那里层的"意思好处"：

> 如昔人赋梅云："疏影横斜水清浅，暗香浮动月黄昏。"这十四个字谁人不晓得！然而前辈直恁地称叹，说他形容得好，是如何？这个便是难说，须要自得言外之意始得，须是看那物事有精神方好。若看得有精神，自是活动有意思，跳掷叫唤，自然不知手之舞之，足之蹈之。这个有两重：晓得文义是一重，识得意思好处是一重。若只识得外面一重，不识得他好底意思，此是一件大病。[2]（着重点为引者所加）

"晓得文义"，即懂得文本的语词义，这是最起码的；"识得意思

[1] 蕴，通"缊"，指渊深奥妙之所在。《易·系辞上》："乾坤其《易》之缊邪？"刘禹锡之句式即本于此。

[2] 《朱子语类》卷一一四。

好处”，即得其“言外之意”，看出“精神”所在，感到“活动有意思”，诗就活了，审美快感也勃然而兴，油然而生。但“晓得文义”容易，“识得意思好处”却并非人人都能做到。朱熹举林逋咏梅的名句“疏影横斜水清浅，暗香浮动月黄昏”为例，这十四个字，并不难懂，但懂得它们的字面含义，并不等于懂得这首诗的“意思好处”。疏淡的梅花，横斜的倩影，倒映于清浅的水中；缕缕幽香，梦幻似地飘浮在朦胧的月光之下。这风姿，这神韵，这氛围，这境界，是何等令人陶醉！从这两句诗中，我们所感受到的主要不是梅花的形相，而是它那神清骨秀、幽独超逸的风韵，因而自然而然地会把它与这位高隐诗人的人格联系起来，而感到另一重诗的意蕴。苏轼在《书林逋诗后》中称赞这位诗人：“先生可是绝伦人，神清骨冷无尘俗。”我们在咏梅诗中的确感受到这种人格之美。在这个意义上不妨说，诗中的梅花就是诗人的化身。苏轼还以石延年咏红梅的两句诗：“认桃无绿叶，辨杏有青枝”与林逋的咏梅诗相比较，认为“此至陋语，盖村学中作也”。[1]红梅诗之所以“至陋”，在于只着眼于形相，全无精神气质，跟谜语差不多。这种诗自然绝无“言外之意”可寻味。

值得指出的是，林逋的这两句咏梅绝唱，并非纯出创造，而是来自五代南唐江为的残句：“竹影横斜水清浅，桂香浮动月黄昏。”江为这两句诗分咏竹、桂，未能融成一体，且明点其物，颇落形相，而未得其神。林逋只改动了两个字，即显得意境浑融，梅花之精神全出。真可谓“夺”人之境为己所有了。

欧阳修在《六一诗话》中曾引述过梅尧臣的论诗见解：“若意新语工，得前人所未道者，斯为善也。必能状难写之景如在眼前，含不

[1] 胡仔《苕溪渔隐丛话》前集卷三十二，人民文学出版社 1962 年版，第 220 页。

尽之意见于言外，然后为至矣。”梅尧臣提出好诗的两个档次：一个是“善”，即命意新颖，造语精工，能道前人所未道，富有创造性；另一个是“至”，其特点就是“状难写之景如在眼前，含不尽之意见于言外”，换言之，也就是有“象外之境”和“言外之意”相融合的意境。显然，梅尧臣把后者置于前者之上，而且认为这是最高的标准。“至”者，登峰造极，无以复加也。欧阳修问：“状难写之景，含不尽之意，何诗为然？”梅尧臣回答说：

> 作者得于心，览者会以意，殆难指陈以言也。虽然，亦可略道其仿佛：若严维“柳塘春水漫，花坞夕阳迟”，则天容时态，融和骀荡，岂不如在目前乎？又若温庭筠“鸡声茅店月，人迹板桥霜”，贾岛“怪禽啼旷野，落日恐行人”，则道路辛苦，羁愁旅思，岂不见于言外乎？

梅尧臣的回答很辩证，他指出“状难写之景如在目前，含不尽之意见于言外”的艺术效果，是由作者和读者双方合作而产生的，这种境界和感受很难用言语表达清楚，只能说个大概而已。他所举严维和温庭筠的诗，都是写具体物景的，表面上并未抒发主体的情感，然而这一切都是“作者得于心”的结果，诗人把自己感受体验过的事物，经过心灵的“反刍”，再度显现出来，同时将自己的情感融进这一艺术空间之中。于是春水荡漾的柳塘，夕阳流连的花坞，就宛在眼前，并呈现出一派“天容时态，融和骀荡”的景象；而荒村野店、鸡声残月、板桥晓霜、人迹初印的凄清画面，也会默默地诉说着“道路辛苦”和“羁愁旅思”。贾岛的诗仅“落日恐行人”的“恐”字流露了一点主体的情绪感受，也基本上是通过画面“说话”的。这一切境象既然都是“作者得之心”的，读者透过境象自然也能谛听到作者的心声。“览者会以意”，是说不能停留在具体的境象上，而要以“意”会“心”，与作者进行精神的交流，这样才能超越语言形式的规定和具体空间的局限，而把握“象外之境”和“言外之意”的美。

梅尧臣这段论诗的名言，虽然未出意境的字面，却从“景”与“意”、“作者”与“览者”两个不同的方面触及了意境的本质特征。意境作为一个多层的立体艺术结构，其“象外之境”和“言外之意”的艺术效应，是由创作和接受的双向互动过程所产生的。从另一个角度说，意境的多层性也意味着多义性，境的多层空间，归根结底，要还原于语义，在以语言为表现媒介的诗歌中必然如此。作者在创作时，对包涵于意境中的意味未必都能自觉地意识到，其“得之心”者，不过是其中的一部分，还有一些别有意味的东西，他当时可能未曾措意，然而在诗情汹涌之际，一齐奔赴笔下，不自觉地摄入了，因而被作者意识到的意味与未被作者意识到的意味在诗中并存，后者就有待于读者的发现。即或被作者意识到的意味，由于社会时代、文化背景、审美情趣等复杂的原因，读者的体认也不一定与作者相一致，因而新的解读和领悟可以层出不穷。高明的诗人，也深知诗心的奥妙，羚羊挂角，无迹可求，超脱灵变，不落呆相，尽可能地留有余地，欢迎读者的积极参与和合作。“作诗必此诗，定知非诗人”，意境的内涵既是确定的，又是不确定的，“横看成岭侧成峰，远近高低各不同”，这也许正是“庐山真面目”吧！

意境的多层意蕴，大致可分为三个层次：表层意蕴、深层意蕴和联想意蕴（或可称衍生意蕴）。试以杜牧《山行》为例：

远上寒山石径斜，白云生处有人家。
停车坐爱枫林晚，霜叶红于二月花。

表层意蕴基本上相当于语义层，即文本的字面意思。这方面的疏解有其确定性，如“停车坐爱枫林晚”的“坐”字，从语境和用语的惯见性都只能作“因为”解，而不能解为“坐下”。又如“枫林晚”的“晚”字，兼有深秋和傍晚二意，深秋则枫叶经霜，红得可爱；傍晚则夕阳与丹枫相映，光色斑斓，更为动人。只有同时领此二意，才能较完整地把握其意境之美。

深层意蕴是作品字面底下所含蕴的意味，其所得则随鉴赏者的悟解水平而有深浅丰约之差。例如《山行》的结句“霜叶红于二月花”，不说“红如”，而说“红于”，诗人分明以为秋叶之美胜于春花。他欣赏一种饱经风霜的成熟之美，这正是诗句所内含的独特的审美意蕴。对于这一点，阅历丰富的成年人，可能较之涉世未深的年轻人体味得更深一些。

至于联想意蕴，它可以是作品潜在意蕴的触类引发，也可以由鉴赏者的心理投射而产生。仍以“霜叶红于二月花”为例，它可以使人联想到人生的历程，体味到迈入晚境的深沉内涵。青春年少，如春花初放，鲜润可爱，诚然是美的，但是由于未经磨炼，终究“少年色嫩不坚牢”，待到饱经世事，社会阅历和生活经验丰富了，则如经霜的秋叶，鲜红透亮，呈现出一种成熟的美，其内涵之丰富和深刻，就不是早期的稚嫩之美所能比拟的了。这样的联想虽然未必有当于作者的初意，却是对诗的深层意蕴的一种合理生发。在鉴赏过程中，对于深层意蕴和联想意蕴，各人所见不尽相同，甚至会有很大的差异或截然相反；尤其是联想意蕴，或有或无，或深或浅，因诗而别，因人而异，情况更为复杂。这些都是接受美学所感兴趣的问题，这里不拟具论。

意境的多层效应，有赖于虚实关系的辩证处理，“象外之境”必须依“象”以显现，“言外之意”亦必须借“言”而生发。清人笪重光说得好：“空本难图，实景清而空景现；神无可绘，真境逼而神境生。”（《画筌》）虽然论画境，与诗境亦相通。其要处在于从实处下笔，凭虚处传神。王之涣的《登鹳雀楼》，“白日依山尽，黄河入海流”，写的是实境，语语如在眼前；“欲穷千里目，更上一层楼”，则由实见虚，把景物与心胸打成一片，从视野的开阔，可以想见抱负和气度的远大。人们从这两句诗中还可以悟到站得高才看得远的生活哲理。这或许可以归入“景入理势”之类（见空海《文镜秘府论》），但作者并非有意说理，而是即景抒怀，本来白日依山、黄河入海的景色已够苍茫壮阔了，诗人却更想开拓视野和心胸，于是抓住“欲穷千里目”的心头一念，自然而巧妙地把握了由实见虚的契机，从而开拓了“真境”外的另一个“神境”，使多层意蕴得以生发。

这首诗前两句实，后两句虚，转化得很自然，脉络也较清晰。但虚实的转化并非都在语言意象上显示出来，有的诗通首实写，亦能由实见虚。如前引贾岛的《访隐者不遇》诗，四句皆实，而过访不遇之情跌宕变化，“只在此山中，云深不知处”，不仅写出隐者的品格，抒发了未见其人的怅惘之情和敬慕之意，而且从中还可以引申出某种哲理性的意蕴：人们在探寻真理或追求理想的过程中，往往会感到某种困惑，即直觉地感到所探寻和追求的事物就在近处，却由于种种原因而不能发现或得到。“菱歌唱不彻，知在此塘中”（崔国辅《小长干曲》），闻歌而不见其人，也是相同的境界，却未必出于相袭。这仿佛是一种理性的范式，无意间被诗意所寄寓，因而能在感性观照的感动之余，唤起某种哲理性的沉思和启悟。这是一个很有趣的问题，值得深入探讨。

意境不可泛化

意境（或称境界）基本上是中国古典诗学的范畴[1]。中国古典诗歌，形式短小，内容偏于抒情的性质，很适宜意境的产生。意境最本质的特点即“象外之境”和“言外之意”，也只有在短小含蓄的抒情诗里体现得最为充分。

王国维在《人间词话》中说：“境非独谓景物也。喜怒哀乐，亦人心中之一境界。故能写真景物真感情者，谓之有境界，否则谓之无境界。”把“喜怒哀乐”也当作一种心理的“境界”，从语词的多义上说是可以的，如日常生活中说某人“境界很高”，也指精神品格而言。但就意境的组成因素而言，则泯灭了“意”与“境”的区别，也取消了“意”与“境”的统一。所谓“能写真景物真感情者，谓之有境界”，也缺乏明确的界定。自然景物本无所谓真假，“真景物”不知何所指？倘若联系王国维论元剧意境的话来看，所谓“写真景物”，似指“写景则在人耳目”；所谓“写真感情”，似指“写情则沁人心脾”[2]。这是就艺术表现效果而论，并没有错。因为诗中的景和情，已不是自然形态的真实，而是艺术的真实，必须以艺术效果来检验。问题在于王国维不强调情景的对立统一，而认为单一的写“真景物”或“真感情”都

[1] 传统中国画注重写意，强调画面虚实关系的辩证处理，以开拓画境的内涵，因而也讲意境，与古典诗歌有相通之处。但画的意境系借用诗的范畴，两者由于传达媒介和感受方式等差异，仍有许多不同的特点。

[2] 王国维《宋元戏曲考·元剧之文章》。《王国维戏曲论文集》，中国戏剧出版社 1984 年版，第 85 页。

可以产生意境，这就把意境泛化了，使意境丧失了原有的本质特性。单纯写景物，倘无感情融注其间，则不管写得如何“在人耳目”，也不能认为是有意境的好诗。

“写真感情”也不能一概而论，有些写“真感情”的诗不一定都有意境。过于强烈的感情，如梁启超所谓“忽然奔进，一泻无余”的“白热度”的感情，就难以产生意境。因为感情汹涌，不可羁勒，不能寄寓于物象之中，而要冲决一切约束，以呈现其自身。如古乐府里有一首《公无渡河》，据崔豹《古今注》说，有一个白发狂夫，提着酒壶过河，他的妻子赶来拦阻，没有拦住，结果他溺死了。他的妻子悲痛作歌：“公无渡河，公竟渡河，堕河而死，将奈公何！”歌声凄绝，歌罢她自己也投河而死。像这样的歌，一字一泪，悲痛欲绝，感情强烈而真挚，入耳即能动人，自无须借意境以曲折见之。诸如此类直抒胸臆的诗，不假物象，不依物境，却回肠荡气，撼人心魄，虽无意境，仍不失为第一流的好诗。

有些讽刺诗，嬉笑怒骂，淋漓尽致，情感十分强烈，亦不必有意境。例如这首元无名氏的《朝天子·志感》曲：

> 不读书最高，不识字最好，不晓事倒有人夸俏。老天不肯辨清浊，好和歹没条道。善的人欺，贫的人笑，读书人都累倒。立身则小学，修身则大学，智和能都不及鸭青钞！

这样的诗，你很难用“意境”来衡量，它要放到喜剧性的范畴中去看。此外，如一些论史诗、哲理诗也未必有意境，却仍有诗味，而且不乏佳作。现代新诗受西方影响很深，已超越中国古典诗学的规范，不少诗并不以意境取胜，甚至反意境，却仍然有其审美价值。

王国维已有把意境泛化的倾向，他在《宋元戏曲考》中认为“元剧最佳之处，不在其思想结构，而在其文章。其文章之妙，亦一言以蔽之，曰：有意境而已矣”。他以诗的眼光来看戏剧，把戏剧诗化，把意境泛化。这一点还不如清初的李渔看得准确和深刻。李渔论剧以“结构”为“第一”，且认为“传奇（戏曲）不比文章”，“凡读传奇而有令人费解，或初阅不见其佳，深思而后得其意之所在者，便非绝妙好词”。[1] 以诗词的意境来衡量戏剧，徒赏其文章，则丧失了戏剧的本质特性。遗憾的是后来仍有不少学者继续把意境泛化，用以衡量戏剧、小说乃至所有文艺作品。有的认为意境相当于文艺学概论中的“典型”；有的则认为意境是判定一切作品艺术价值有无高低的标准。这样无限度地扩大意境的内涵和外延，看起来普遍适用，实际上反而消解了意境的特定诗学本质，使之成为一种空泛的套语，这样也就走到了推尊意境的反面。

[1] 李渔《闲情偶寄·词曲部》。

诗中之理

从宋诗重理说起

诗尚抒情，但诗中之情经过理性的过滤，多少含有理的因素，只是不直露而已。诗也不完全排斥议论说理，大多辅抒情以行，起某种点醒的作用，这在古体歌行中较为常见。但是中国诗歌史上也有向理性倾斜的时代，宋诗之重理就是一个典型。

宋诗之所以重理，大体说来，有几个方面的原因：

其一，从作者的情况看，宋代诗人文化修养较高，书读得多，学者化的倾向较普遍。唐代如李白、杜甫、高适、岑参、王维、孟浩然、白居易、李商隐、李贺等一流诗人，很少涉足学术领域，并不兼具学者的角色。宋代则不然，欧阳修、司马光、王安石、苏轼、黄庭坚、陈师道、陆游、杨万里、范成大等人，既是诗人，又是学者，他们分别在哲学、史学、金石考古、语言文字、诗文批评等领域卓有建树，并有学术著作传世。书读多了，学问多了，做起诗来，免不了要炫学逞才，爱发议论。正如严羽所批评的“以文字为诗，以议论为诗，以才学为诗”(《沧浪诗话》)。

其二，从诗歌发展的情况看，唐诗主情，是一个高峰，宋人如果继续步趋唐人，无论如何也难以逾越，于是另辟蹊径，由主情而重理，变唐诗热烈灿烂之美为冷静深沉之美。

其三，从文学渊源影响关系看，唐代韩愈、孟郊一派“以文为诗”的作风，对宋诗有所影响，杜甫晚年有些诗也下开宋派，宋代江西诗派就尊杜甫为远祖。

其四，从思想文化背景看，宋代勃兴的理学，对宋诗的主理倾向有较直接的影响。

理学家对作诗的态度，以及他们自己作的诗，是宋诗主理倾向的极端表现，这为我们认识这个问题提供了一个独特的角度。例如程颐自称：

> 某素不作诗，亦非是禁止不作，但不欲为此闲言语。且如今言能诗无如杜甫，如云：“穿花蛱蝶深深见，点水蜻蜓款款飞。”如此闲言语道出做甚！[1]

他把缘情体物的诗，看作毫无价值的“闲言语”，即使出于杜甫之作，也不例外。所谓“闲言语”，无非是指这样的诗不能阐扬天理，也无裨人伦教化，至于陶冶情感的审美价值，他不但不予肯定，反而加以拒斥。这样也就否定了诗歌的抒情本质和审美功能。程颐平生绝少

[1] 《二程全书》《语录》卷十一。

作诗，认为这是“玩物丧志”的玩意儿，偶有所作，也是板起一副道学面孔。他有一首《谢王佺期寄药》的小诗：

至诚通灵药通神，远寄衰翁济病身。
我亦有丹君信否，用时还解寿斯民。

王佺期是一位隐居修行的处士，程颐认为他的丹药只能救济一身，不像自己的“灵丹妙药”，可以用来救济天下百姓的苦痛，使他们安居乐业，健康长寿。这“灵丹妙药”便是儒家的经世济民之道。这样的“诗”，虽然大言炎炎，确非“闲言语”，但可惜毫无真情，读起来味同嚼蜡。

理学家也有爱写诗的，如邵雍著有《伊川击壤集》二十卷。《四库总目提要》评他这部诗集说：“自班固作咏史诗，始兆论宗；东方朔作诫子诗，始涉理路。沿及北宋，鄙唐人不知道，于是以论理为本，以修词为末，而诗格于是乎大变。此集其尤者也。”所谓“鄙唐人不知道”，正如程颐斥杜甫之诗为“闲言语”。理学家的诗“以伦理为本，以修词为末”，把诗歌当作说理论道的工具，其本质就是反对抒情，屏弃诗歌的艺术感性特点。

邵雍在《伊川击壤集序》中慨叹“情之溺人也甚于水”，他认为近世诗人“大率溺于情好”，其原因在于“以我观物”，而“任我则情，情则蔽，蔽则昏矣”。拯救之道在于“以物观物”。所谓“以物观物”，就是对外在世界不动任何感情，把有情之人变为无情之物，做到“情累都忘去”。邵雍的诗就是这种主张的实践，也是宋诗抽象说教的一个突出典型，《四库全书总目提要》说它是这方面的“尤著者也”，确实如此。诸如《治心吟》云：“心亲于身，身亲于人。不能治心，焉能治身？不能治身，焉能治人？”《知识吟》云：“目见之谓识，耳闻之谓知。奈何知与识，天下亦常稀。”这种“诗”，正如刘克庄所说：“率是语录讲义之押韵者耳。”[1]

朱熹在理学家中是比较懂得创作规律和艺术特点的，他虽然认为诗“不用多作”，但“间以数句适怀亦不妨”。平时“平淡自摄”，涵养义理，待到“真味发溢”时作诗，气象自与“寻常好吟者不同”（《清邃阁论诗》）。这是把道学思想内化，使人心合于道心，作起诗来，不用外在的说教，而道自在其中。这一点显然比邵雍高明得多。朱熹的诗也较为可读，较有诗味，如《观书有感》：

半亩方塘一鉴开，天光云影共徘徊。
问渠那得清如许？为有源头活水来。

题目是谈读书的体会，本来很容易发议论，流于抽象说理，但作者却通过生动的比喻，把一种理性的启悟化为感性的形象，亲切有味地表达出来。

《观书有感》是一首哲理诗，作者的命意是自觉的。有的诗抒写生活感受，却含有某种哲理，作者未必有此命意，却自然凑泊，真味发溢，这种理趣似乎更耐人寻味。例如朱熹的《水口行舟》：

昨日扁舟雨一蓑，满江风浪夜如何？
今朝试卷孤篷望，依旧青山绿树多。

[1] 《吴恕斋诗稿跋》，见《后村先生大全集》卷一一〇。

夜间风雨行舟，波浪险恶，心有所感而目无所见；天明雨过，推篷而望，则风平浪静，依然青山绿树，景色如画。这是江上行舟的一段经历和感受，十分真切，可以唤起人们类似的生活体验。“飘风不终朝，骤雨不终日”，暴风雨后的黎明格外美丽，这又可看作一种人生境遇，从中可以体味到一种宠辱不惊的气度和否极泰来的理趣。

冯友兰先生说：“普通所谓哲学诗，或说理的诗，是将哲学的义理，用韵文等出之。这种所谓诗，严格地说，并不是诗。诗以只可感觉不可思议者，表显不可感觉，只可思议者，以及不可感觉，亦不可思议者。其所用以表现者，须是可感觉者。所以诗不讲义理，亦不可讲义理。若讲义理，则成为以正的方法讲形而上学的哲学论文，不成为诗。”又说：“进于道的诗，并不讲道。讲道的诗，并不是进于道的诗。”并认为“进于道的诗，亦可说是用负的方法讲形而上学”。即不是正面阐述义理，而是以直觉来“见”理，以可感觉者来表现不可感觉和不可思议者。[1] 冯先生是一位哲学家，对于理学深有研究，这番论诗之见也十分明通。

“可感觉”是诗的第一义。诗人必须由“可感觉者”入，复以“可感觉者”出；即缘事而发，真正有所感受，有所体认，则目击道存，无须正面“讲道”，而自然可“进于道”。无哲理诗之形，而有哲理诗之味。

生活是最雄辩的，理学家有时也难以违抗生活的逻辑。他们不可能完全沉溺在抽象的理念世界中，不免受到感性的诱惑，当他们像普通人那样感受和思索时，他们的心头也会漾起真正的诗情。理学家的

[1] 《新理学在哲学中之地位及其方法》第五节《明诗》，《三松堂学术文集》，北京大学出版社 1984 年版，第 563 页。

某些好诗大抵是在这样的情况下产生的。这种情况甚至在邵雍身上也奇迹般地出现过。他咏自己所居“安乐窝”的一首小诗，就是一例：

半记不记梦觉后，似愁无愁情倦时。
拥衾侧卧未欲起，帘外落花撩乱飞。

这首诗写得很有情致，梦醒懒起的心情刻画入微。落花乱飞，似梦非梦，心冥空无，怡然忘机，在闲适的生活情韵中流露出安闲乐道的理趣。这是从“可感觉者”入，复以“可感觉者”出，所以情理兼至，神韵俱胜。据邵伯温《闻见前录》说，司马光很欣赏这首诗，把它写在帘上，时时欣赏。如果把它跟邵雍那些空洞说教的“诗”比较一下，简直判若两人。

“沉默”中的启悟

诗中之理既不是复述书本上现成的道理，也不是宣讲头脑中思辨的结论；诗中之理来自对生活的感触、体验和顿悟。它诉诸感性，带着体验和感悟的喜悦或痛苦，因而必然渗透着情感，必然带有强烈的个性色彩，而不像抽象说教那样干巴巴，冷漠无情。诗中之理来自生活，就必然带有生活本身的感性色彩和丰富内涵。它是鲜活的、流动的、无限量的、不可界定的；它没有固定的意思，却可以有许多意思，从这个意义上说，这种不说出来的理远比说出来的理丰富而深刻，也更易于为人接受，耐人寻味。

诗人本无意说理，不过自然触机，偶然得之，“掬水月在手”，无心水中捞月，而即事见理，目击道存。他只是把这一掬含着月光的水奉献给你，你和他“相视而笑，莫逆于心”，彼此在沉默中沟通了。这理就在“沉默”之中，而诗人实际上是在用“沉默”与你对话。这是不说之“说”。诗之“说”理，理当如此。

释迦在灵山会上，拈花示众，众皆默然，唯迦叶破颜微笑，因而授受了“正法眼藏”。这就是“教外别传”的禅宗的缘起，也是“不立文字，直指人心”的宗风的发端。拈花微笑，正是对于不可言说之意的“沉默”，但又是非言说的一种显示和交流。后来禅门宗师对于弟子问“佛法大意”或“祖师西来意”，往往报以棒喝，或者说些“庭前柏树子”“麻三斤”之类答非所问、莫名其妙的话，也正是于“言语道断”的“沉默”中开出一扇顿悟的法门。这种态度是禅的，却与诗相通。严羽以禅喻诗，正是有见于此。

陶渊明“采菊东篱下，悠然见南山”，南山就在户外，他老先生天天看见，却似乎熟视无睹，只是当采菊之际，偶然抬头，悠然而发现南山之存在。于是南山成为他的对象，他也成为南山的对象，如故人邂逅，相对忘言，感到一种“悠然”之意洋溢于心头。至于这“悠然”之意是什么，却说不出，说不清，也不消说，“此中有真意，欲辩已忘言”，心领就是了。

关于这两句诗，还有一个小小的版本校勘问题，却关系重大。苏轼说：“陶潜诗：‘采菊东篱下，悠然见南山。’采菊之次，偶然见山，初不用意，而景与意会，故可喜也。”但他看到当时一些陶诗的本子，“见南山”都作“望南山”，于是“觉一篇神气索然也”[1]。《蔡宽夫诗话》也说：“‘采菊东篱下，悠然见南山’。此其闲远自得之意，直若超然邈出宇宙之外。俗本多以‘见’字为‘望’字，若尔，便有褰裳

[1] 胡仔《苕溪渔隐丛话》前集卷三引。

濡足之态矣。乃知一字之误，害理有如是者！"[1] 所谓褰裳濡足，就是撩起衣服过水，比喻有意为之，不自然，这与那种无目的地偶然神遇，悠然会意，确乎迥不相侔。所以说它“害理”，即破坏了原诗的神理意趣。这“一字之误”，关系到一篇之理，不可小看。苏轼和蔡宽夫的意见看来并非夸大其词。

杜甫《春夜喜雨》有云:“随风潜入夜，润物细无声。”可谓善状春雨之神。反复涵泳这两句诗，还可以体会到诗人感念苍生的淑世精神，仁民泽物的博大胸襟，以及“人不知而不愠”的高尚人格。然而这一切都没有说出来，而是自然而然地渗透在春雨之中，化为春雨的精魂了。读这样的诗，你不但叹其状物抒情之工，而且还受到深沉的人格力量的感召。历来写春雨的诗很多，能达到如此境界的却很少见。清代郑板桥曾写过一副对联:“春风放胆来梳柳，夜雨瞒人去润花。”上联颇嫌轻狂，下联写春雨润花，用意与杜甫相近，但是“润花”而要“瞒人”，气局既小，且大有“褰裳濡足之态”，只要与杜甫的诗稍加比较，高下立见。

理语、理趣、理障

前人论诗中之理，有理语、理趣、理障之说。理语是指概念化的名词术语，理趣是形象化的哲理情趣，理障则指理语障蔽了情思的表达和交流。三者于诗的优劣关系，大体可表达如下：无理语而有理趣者为上；有理语而无理障者次之；有理障而无理趣者为下。

理趣之理，非抽象不可名言之理，源于实相，不离实相，其义蕴

[1] 胡仔《苕溪渔隐丛话》前集卷三引。

借实相以显，而非逻辑之陈述，故朦胧而多剩义；且玲珑剔透，可作多侧面观照，多层次体味。如杜甫《春夜喜雨》的“随风潜入夜，润物细无声”，既可欣赏其状物之工巧，抒情之真切，又可体味其人格之崇高，从任何一端出发，都有其价值和意义。这种诗是立体的，它为读者提供了广阔的体味空间，有助于激活读者的鉴赏积极性。

宋人罗大经说：

> 大抵古人好诗，在人如何看，在人把做什么用。如“水流心不竞，云在意俱迟”，“野色更无山隔断，天光直与水相连”，“乐意相关禽对语，生香不断树交花”等句，只把做景物看亦可，把做道理看，其中亦尽有可玩索处。大抵看诗，要胸次活络。[1]

罗大经在这里是从欣赏态度和方法着眼的，但态度和方法是与对象相对应的。方法是对象的方法，僵死的对象，绝不可能产生“活络”的方法。所举“水流心不竞，云在意俱迟”，是杜甫《江亭》中的名句。这两句心物双写，从不同的角度相衬相映：见流水而无奔竞之心，望停云而消飞驰之念。从自然中体味人生，态度很安闲，写来也很从容。这是一种理趣。“野色更无山隔断，天光直与水相连”，见于宋滕元发《月波楼》诗；“乐意相关禽对语，生香不断树交花”，则是宋石延年《金乡张氏园亭》中的名句。从写景的角度看，各有境界，都很出色。明人洪应明却“把做道理看”，说：“‘乐意相关禽对语，生香不断树交花’，此是无彼无此得真机；‘野色更无山隔断，山光直与水相

[1] 罗大经《鹤林玉露》乙编卷二，“春风花草”条。

连’，此是彻上彻下之真境。吾人时时以此景象注之心目，何患心思不活泼，气象不宽平？”[1] 这两联比较起来，“乐意”一联意蕴更深，气象更胜。洪应明是从超越事物的对立，以见一贯之道的角度着眼的，较多地从意象的表层相关出发，而于内蕴未多抉发。这两句诗写出大自然的一派生机，小鸟枝头对语，互通喜意；树木繁花交加，芳香不断；一切有生之物，都感受到春天生命的喜悦，彼此感染，相互交流，正所谓“鸢飞鱼跃”，道被群生。诗人感物之情，领悟到鸟语花香所传达的生命信息和意义，赞天地之化育，欣万物之得所，心头洋溢着与大化一气流行的喜悦。这种意味和气象就是理趣。朱熹赞其“极佳”（《文公语录》），绝非偶然。

宋词中苏轼之作颇多理趣，已为人所熟知，而顾随先生则深赏大晏（晏殊）词之理趣，可谓别具只眼。其论大晏《浣溪沙》“满目山河空念远，落花风雨更伤春，不如怜取眼前人”三句，有云：

> 人生最留恋者过去，最希冀者将来，最悠忽者现在。“满目山河空念远，落花风雨更伤春”是留恋过去，希冀将来，而“不如怜取眼前人”是努力现在。这样的作品不但使你活得有劲，且使你活得高兴[2]。

又论大晏《蝶恋花》“昨夜西风凋碧树，独上高楼，望尽天涯路”一首云：

[1] 洪应明《菜根谭 · 闲适》。
[2] 《驼庵诗话》，见《顾随文集》，上海古籍出版社 1986 年版，第 740 页。

《诗·蒹葭》所表现的追寻是平面的，而晏同叔之“昨夜西风”(《蝶恋花》) 一首则更多一手，上下真是悲壮有力，此可代表中国文学之最高境界。张炎之“折得一枝杨柳，归来插向谁家？”(《朝中措》) 未尝不表现人生，非纯写景，而所表现是多么没出息、多么软弱的人生；大晏所写是多么有力、上进、有光明前途的人生。[1]

大晏这首词虽然写的是爱情离别的痛苦，但“昨夜西风”这几句气象阔大，境界高远，其意蕴已超出了离别相思之情，而触类象通，使这种执着的精神，具有某种概括性的思想品格，能引起类似精神状态者的共鸣，有意无意地获得了可资发挥的多元化的理趣。王国维就曾借用它来描述古今成大事业、大学问的第一种境界。顾先生说“《诗·蒹葭》所表现的追寻是平面的”，大概正因为除了所表现的情感本身外不能给人以更多的感动和启示；像晏殊这首词，就可以说是“立体”的了。

大凡这种饶有理趣的好诗，都是开放性的立体结构，可以接纳多角度的鉴赏和多元化的阐释。这种诗无意说理，也没有深奥的“理语”，而是目击道存，以寻常言语出之，淡语而有味，浅语而有致。它甚至不必具有诗的形式，而仍具有诗的哲理，令人玩味不尽。如：

子在川上曰：“逝者如斯夫，不舍昼夜！”(《论语·子罕》)

莫（暮）春者，春服既成，冠者五六人，童子六七人，浴乎沂，风乎舞雩，咏而归。(《论语·先进》)

[1] 《驼庵诗话》，见《顾随文集》，上海古籍出版社1986年版，第740页。

泉涸，鱼相处于陆，相呴以湿，相濡以沫；不如相忘于江湖。(《庄子·大宗师》)

君其涉于江而浮于海，望之而不见其崖，愈往而不知其所穷；送君者皆自崖而反（返），君自此远矣！(《庄子·山木》)

桓公北征，经金城，见前为琅琊时种柳，皆已十围，慨然曰："木犹如此，人何以堪！"攀枝执条，泫然流泪。(《世说新语·言语》)

简文入华林园，顾谓左右曰："会心处不必在远，翳然林水，便自有濠、濮间想也。觉鸟兽禽鱼，自来亲人。"（同上）

王子敬云："从山阴道上行，山川自相映发，使人应接不暇。若秋冬之际，尤难为怀。"（同上）

这几段散行文字，虽然寥寥数语，却表现了对宇宙与人生的诗意态度、理想境界以及对自然与人的审美关系的亲切体认。它们是无韵的诗，形象的哲理，完全可以当作上乘的哲理诗来涵泳讽味。

有理语而无理障的诗，在于对"理"确有真切的体认，因而伴随着一种理性的喜悦，理中多少带有情感，还不失诗的本色。其用理语亦随意驱遣，仿佛信手拈来，较为自然，而不是有意堆砌卖弄，还没有形成诗意表达和交流的障碍，我们从诗中多少可以看到诗人的个性气质和学养风度。

例如宋代理学家程颢有一首《秋日》诗：

闲来无事不从容，睡觉东窗日已红。
万物静观皆自得，四时佳兴与人同。
道通天地有形外，思入风云变态中。

富贵不淫贫贱乐，男儿到此是豪雄。

程颢是程颐的哥哥，他不像弟弟那样宣称“不作诗”，不道“闲言语”，气象要阔大得多。据说有一次兄弟俩一同赴宴，座中有歌妓劝酒，程颐一见，就拂袖而去。程颢则尽欢而散。第二天程颢谈到赴宴的事，程颐还脸有怒色。程颢笑道：“昨夜酒宴上，座中有妓，我心中原无妓；老弟今天书房中本无妓，心中却还有妓。”程颐不觉愧服[1]。看来这位大先生的道德修养比乃弟到家，道内化于心，故能脱略形迹，从心所欲而不逾矩，言动之间，并不死板僵化，而觉平易自然，甚至还有一点幽默感。据说他住所的窗前杂草丛生，却不芟除，说：“欲常见造物生意。”又置盆池养小鱼数尾，时时观赏，说：“欲观万物自得意。”[2] 这首诗就写出了他这种从容自得的气象和宽裕闲泰、与道一体的精神境界。虽有理语，却并不造作，自然而然地从胸次流出，乃是真体认、真受用语。

有理语而无理障，也许还可以举一个较为极端的例子，那就是苏轼的《琴诗》：

若言琴上有琴声，放在匣中何不鸣？
若言声在指头上，何不于君指上听？

这首诗由两个设问、两个反问所组成，有点类似形式逻辑假言选言的二难推理；就内容来说，是思辨而非抒情的。作者似乎要推究美

[1] 见徐士銮《宋艳》卷一引《人谱类记》。
[2] 《宋元学案》卷十四“明道学案”，中华书局 1986 年版，第 578 页。

妙的琴声从何而来。前两句是就客观之物的琴而言，后两句是就弹拨而生琴声的主体而发。两个假设均被后面的反诘所推翻，前一联的否定又成为后一新假设的前提。两个前提相续相生，又相继被破。表面看来，琴声究竟从何而来这个问题并没有得到解答，然而经过否定之否定，肯定也隐然存乎其中。可以这样理解：琴声是琴的客体与弹奏者主体相待相生的产物。依赖于琴这能发声的乐器，再加上高超的弹奏技巧，美妙的琴声于是产生。琴和指法，两者都有所“待”，缺一不可。在五十年代的美学问题讨论中，朱光潜先生曾以此诗来论证他的美学观点。他认为美既不是主观的，也不是客观的，而是主客观的统一。这样的引申自然也有它的道理，因为这首诗的旨趣在于破除偏执之见，而取一种叩其两端的态度，于是自然会启发读者去领悟主客观统一的哲理。

然而换一角度，我们还可以对此诗做这样的解会：琴声固然有赖妙指而发，若无心灵的妙悟，则无所运其妙指，亦无从产生妙音。陶渊明常抚无弦琴以自娱，正因为心中有美妙的音乐，人虽不闻其声，而怡然自得其乐。欧阳修《赠无为军李道士》诗云：“弹虽在指声在意，听不以耳而以心。”从这一意义上说，美妙的琴声既非出于琴，亦非发于指，而是存于心。

这首诗从内容到形式都颇似佛教的偈语，它并不描摹物态，亦不抒发情愫，而纯以理语发人妙悟，启人深思。它有深刻的哲理，却没有深奥的理语，有理趣而无理障。清代纪昀认为：“此随手写四句，本不是诗，搜辑者强收入集。千古诗集，有此体否？”其实是一种偏见。诗本无定体，以体格衡诗，未免拘于形式。“随手写四句”，自然而然，触机而发，正是此诗不堕理障的原因。苏轼喜欢佛理，《楞严经》有云：“虽有妙音，若无妙指，终不能发。”此诗可能受其启迪。佛教的缘起理论，认为一切事物或现象都处在因果联系之中，依赖一定的条件和相互作用而产生、发展和消亡，没有固定不变、独立存在的性质。《中阿含经》有一首著名偈语："若此有则彼有，若此生则彼生；若此无则彼无，若此灭则彼灭。"苏轼这首诗没有演绎抽象的佛理，而是借琴为喻，以巧妙的设问和反诘来暗示、点化，随说随扫，圆机无碍，洋溢着一种玄虚的理趣。尽管其性质是唯心的，却有辩证的意味；尽管不无绝对相对论的色彩，却具有启发灵智的作用。

苏轼用理语入诗，也有失败的时候。沈德潜说："王右丞诗不用禅语，时得禅理；东坡则云：'两手欲遮瓶里雀，四条深怕井中蛇。'言外有余味邪？"[1] 苏轼这两句见于《三朵花》一诗。全诗八句，有四句用佛典，这两句尤为艰涩难懂。据王文浩注引《法句经》云："精神居形内，犹雀藏瓶中，瓶破则雀去矣。"又引师民瞻云："佛书：人有逃死者，入井，则遇四蛇伤足而不能下；上树，则二鼠咬藤而不能升。四蛇以喻四时，二鼠以譬日月，言四时日月，迫促大限，无所逃耳。"[2] 原来这是说人的灵魂终究要离开肉体，随着时间的流逝，人总有一死，无法逃避。苏轼把佛语直接剪裁为诗句，晦涩生硬，形同猜谜，谜底一经揭穿，则毫无余味。

这种理障，是不尊重诗歌创作特点的产物。苏轼因好使事逞才，故虽贤者亦不免。朱熹的诗在理学家中诗味较多，但堕入理障的也不少。他推许陈子昂的《感遇》诗，"爱其词旨幽邃，声节豪宕，非当世词人所及"，却又"恨其不精于理"，于是他仿作二十首，自称"皆切

[1] 沈德潜《说诗晬语》卷下。
[2] 《苏轼诗集》卷二十一，中华书局 1982 年版，第 1673 页。

于日用之言，故言亦近而易知”。[1] 实际情况并不如此。姑引其一，以见一斑：

吾闻包牺氏，爰初辟乾坤。
乾行配天德，坤布协地文。
仰观玄浑周，一息万里奔。
俯察方仪静，隤然千古存。
悟彼立象意，契此入德门。
勤行当不息，敬守思弥敦。

全诗略衍《周易·系辞》之旨，抽象说教，了无诗味。然而清代刘熙载这位颇有眼光的批评家，却似乎被朱夫子的赫赫声名所蔽，竟说：“朱子《感兴诗》二十篇，高峻寥旷，不在陈射洪下。盖惟有理趣而无理障，是以至为难得。”[2] 这个评语与事实完全不符。王夫之也称赞朱熹这二十首诗，推为“旷世而一遇”[3]，似乎也看花了眼。如果对照一下他对王守仁（王阳明）诗的批评，就显得很有意思。

王守仁《咏良知四首示诸生》之一云：

个个人心有仲尼，自将闻见苦遮迷。
而今指与真头面，只是良知更莫疑。

[1] 《斋居感兴二十首》序。《宋诗钞·文公集钞》，中华书局 1986 年版，第 1673 页。
[2] 刘熙载《艺概·诗概》。
[3] 王夫之《姜斋诗话》卷下。

王夫之批评说："王伯安厉声吆喝'个个人心有仲尼'，乃游食髡徒夜敲木板叫街语，骄横卤莽，以鸣其'蠢动含灵，皆有佛性'之说，志荒而气因之躁，陋矣哉！"[1] 挖苦王阳明的诗像游方和尚沿街叫卖"良知"，浮躁得很，浅陋得很。话虽说得刻薄一点，却还是击中要害的。

王夫之说："经生之理，不关诗理。"[2] 因为"经生之理"，是抽象之理，乃稗贩"圣贤经传"所得，捡别人的现成，而非自得于生活体验和真切感受。他说："不因自得，则花鸟禽虫，累情尤甚，不徒理也。"[3] 王阳明的"良知"说，作为一种理论体系，虽然有其思想渊源，但确是他经过研究精思而创立的，从这个意义上说也是"自得"；但发之于诗，却只是撷取自己现成的思想结论，缺乏亲切感和生动性。从诗歌审美发生学的角度说，缺乏具体的感受契机和形象的"受孕"，不是"自得"于诗的源泉，因而必然苍白无味而堕入理障。

理、事、情

清代诗论家叶燮以"理、事、情"和"才、胆、识、力"论诗。前者是"举在物者而言"，后者是"举在我者而言"[4]。这近乎诗的本体论和创作论的结合。叶燮所说的"理"和"情"，不是主体的思想认识和情感态度，他打比方说："譬之一木一草，其能发生者，理也。其既发生，则事也。既发生之后，夭乔滋植，情状万千，咸有自得之

[1] 王夫之《姜斋诗话》卷下。
[2] 王夫之《古诗评选》卷五。
[3] 同上书，卷二。
[4] 《原诗·内篇下》。

趣，则情也。”[1] 照这样看，“理”是指事物的自然之理，即内部规律性；“事”是指事物的形成过程；“情”则指事物的情状和生趣。叶燮把“理”和“情”都划在客观事物一边，立论与通常有异，但是他在具体阐述时，却常常转到主体的立场上来，虽前后立说略见抵牾，但有一些很精辟的见解。他假设问难：

“语于诗，则‘情’之一言，义固不易；而‘理’与‘事’，似于诗之义，未为切要也。……诗之至处，妙在含蓄无垠，思致微渺，其寄托在可言不可言之间，其指归在可解不可解之会；言在此而意在彼，泯端倪而离形象，绝议论而穷思维，引人于冥漠恍惚之境，所以为至也。若一切以‘理’概之，‘理’者，一定之衡，则能实而不能虚，为执而不为化，非板则腐，如学究之说书、闾师之读律，又如禅家之参死句，不参活句，窃恐有乖风人之旨。以言乎‘事’，天下固有有其‘理’而不可见诸‘事’者。若夫诗，则‘理’尚不可执，又焉能一一征之实事乎？”[2]

这段问难，对于“诗之至处”确有卓见，对于诗中说理、征事的弊病也能中其要害，不愧为高明的一“将”。叶燮有意布此一着，以见其破“将”的高招：

子之言诚是也。子之所以称诗者，深有得乎诗之旨者也。

[1] 《原诗 · 内篇上》。
[2] 同上。

然子但知可言可执之理之为理，而抑知名言所绝之理之为至理乎？子但知有是事之为事，而抑知无是事之为凡事之所出乎？可言之理，人人能言之，又安在诗人之言之？可征之事，人人能述之，又安在诗人之述之？必有不可言之理，不可述之事，遇之于默会意象之表，而理与事无不灿然于前者也。[1]

先以几个反问，把论旨托乎其中，不忙正面阐述，引而不发；然后从容地举了杜甫的四句诗为例，做了一番透彻精辟的分析。这里引其一例，乃析“晨钟云外湿”句（《夔州雨湿不得上岸作》）：

以“晨钟”为物而“湿”乎？云外之物，何啻万万计？且钟必于寺观，即寺观中，钟之外，物亦无算，何独湿钟乎？然为此语者，因闻钟声有触而云然也。声无形，安能“湿”？钟声入耳而有闻，闻在耳，止能辨其声，安能辨其“湿”？曰“云外”，是又以目始见云，不见钟，故云“云外”。然此诗为雨湿而作，有云然后有雨，钟为雨湿，则钟在云内，不应云“外”也。斯语也，吾不知其为耳闻耶？为目见耶？为意揣耶？俗儒于此，必曰“晨钟云外度”，又必曰“晨钟云外发”，决无下“湿”字者。不知其于隔云见钟，声中闻湿，妙悟天开，从至理实事中领悟，乃得此境界也。[2]

这段分析实际上提出了审美感兴中的“通感”现象。“钟声”而有

[1] 《原诗·内篇下》。
[2] 同上。

沾"湿"之感，且能于"云外"见之，就物而言，本无其事，亦无其理；但从主体心理感受而言，"因闻钟声有触而云然"，却是真实的，合情合理的。这样，叶燮在具体阐述时，又不自觉地转到主体一边来了。最后，他总结说：

> 夫情必依乎理，情得然后理真，情理交至，事尚不得耶？要之，作诗者实写理、事、情，可以言言，可以解解，即为俗儒之作。惟不可名言之理，不可施见之事，不可径达之情，则幽渺以为理，想象以为事，惝恍以为情，方为理至、事至、情至之语，此岂俗儒耳目心思界分中所有哉？[1]

叶燮认为诗中之理，是"不可名言之理"，即不是用抽象概念所把握的"理"；诗中之"事"，是"不可施见之事"，即不是事实的刻板记录；诗中之"情"，是"不可径达之情"，即不是浅露平直的内心表白。所谓"幽渺以为理，想象以为事，惝恍以为情"，则指出诗歌之"理"深微奥妙，诗歌之"事"带有艺术想象，诗歌之"情"含蓄迷离，带有一定的模糊性。这是从艺术哲学的高度对诗歌特点进行的概括。他所说的"理"，超越了思想议论，却又涵括了思想议论。

咏史和论诗

中国古典诗歌很少长篇叙事性的史诗，而多抒情短章。然而这种抒情又往往渗透着理性精神，"发乎情，止乎礼义"，自觉不自觉地趋

[1] 《原诗·内篇下》。按："可以言言，可以解解"，《清诗话》本（上海古籍出版社版）误断为"可以言，言可以解，解即为俗儒之作"，失其义。

向传统的道德伦理规范，很少有桀骜不驯的“野性”之作。同时中国历史悠久，载籍浩繁，史的意识很浓，诗人们常常以史识来鉴古衡今，而不屑单纯地吟风弄月。这种心态表现在诗歌中，就是常常忍不住要发点议论，说点道理，这在古体歌行中尤为常见。四库馆臣说：“自班固作《咏史诗》，始兆论宗。”[1] 其实从《诗经》开始，议论就与抒情同在，而雅、颂中的《文王》《大明》《绵》《生民》《公刘》《玄鸟》等篇，述及商周历史传说、民族起源、部落迁徙、社会生产、文治武功等等，正可视为咏史的先声。不过班固首标“咏史”之题，开创了一个特定的题材门类，后世继唱者不绝，咏史就成为一种诗歌传统了。

咏史诗对某一历史人物或历史事实，或施褒贬，或加评论，或翻前人史论之案，总之以议论说理为主，以卓识新见为优。它与史论的区别，在于具有强烈的历史参照意识和现实讽喻意义，以诗来烛照历史，议论之际，渗透情感。沈德潜认为“议论须带情韵以行”，他称赞唐代诗人戎昱《咏史》中“社稷依明主，安危托妇人”两句是“议论之佳者”[2]。戎昱这首诗借汉喻唐，讽刺“和亲”政策。历代诗人对于这个题材很感兴趣，单咏昭君和亲者，据不完全统计就有六百多首。这许多诗，议论纵横，观点各异，七嘴八舌，好像围绕一个历史人物开讨论会。其中清代史学家刘献廷的一首《王昭君》显得不同凡响：

汉主曾闻杀画师，画师何足定妍媸？
宫中多少如花女，不嫁单于君不知！

---

[1] 《四库全书总目提要》卷一五三，邵雍《击壤集》提要。
[2] 沈德潜《说诗晬语》卷下。

这首诗议论警辟，也很动感情，它所指讽的已超越了昭君和亲这一具体的历史事件，而是概括了封建社会人才受压抑的悲剧命运。作者不是客观地评说历史，而是借历史以抒情，为千古失意才人一掬同情之泪，一吐愤懑之气。

晚唐的李商隐是公认的咏史好手，他的咏史诗不但有议论、有情感，而且能与形象相交融。例如《咏史》：

北湖南埭水漫漫，一片降旗百尺竿。
三百年间同晓梦，钟山何处有龙盘？

这首诗咏叹建都于金陵的六朝兴亡，揭示了一个历史真理：王朝的兴亡系于政治人事，而不在于什么地势气运。理性的结论不诉诸抽象的议论，而是通过感性的形象和深沉的慨叹抒发出来，似乎是历史本身在显示自己的规律，诗人不过是水到渠成地把它指点出来罢了。然而通过历史警钟的回响，我们也不难听到诗人忧患国势的沉重心声。

论诗诗是以诗论诗，兼有诗与评论的双重性质，较之咏史，理性的分量似乎更重一些。论诗诗以绝句为主，杜甫的《戏为六绝句》是其开创之作，此后纷起而仿效者历代不绝，形成了一种独特而影响深远的体制。

以诗论诗，拘于声律，限于篇幅，不能如理论那样曲折尽意，而往往取其荦荦大端，一针见血，要言不烦，其所论评，亦多感性体认，或借形象而出之。故其佳者，既见识地之超卓，复觉风调之高华。例如金代元好问《论诗三十首》之论陶渊明：

一语天然万古新，豪华落尽见真淳。
南窗白日羲皇上，未害渊明是晋人。

又论阮籍：

纵横诗笔见高情，何物能浇块磊平？
老阮不狂谁会得，出门一笑大江横。

这两首都是作家论。作者对两位诗人的创作特点和风格既有真切的感受和深刻的认识，又能用极简练的语言生动地表现出来，颇有传神之妙。

又如清代赵翼《论诗五绝》中的两首：

李杜诗篇万口传，至今已觉不新鲜。
江山代有才人出，各领风骚数百年。

只眼须凭自主张，纷纷艺苑漫雌黄。
矮人看戏何曾见，都是随人说短长。

前一首强调创新，说李杜的诗，“至今已觉不新鲜”，似乎持论过偏。但正因为这是以诗论诗，不妨有所夸张，有所强调，而不必像论文那样讲究用语准确，分寸适当。后一首强调要有主见，不要顺风倒。用了一个比喻，以反面的讽刺形象来寄寓正面的主张，具有赵翼那种幽默诗风的特点，也颇耐人寻味。

咏史诗和论诗诗，是中国古典诗歌的独特现象。理的诗化是这两类诗的共同特点，诗中之理不同于通常议论的特点，也许在这两类诗中可以看得更清楚一些。

中国诗歌之所以乐于接纳“理”，除了民族文化性格和思想传统的影响外，与诗歌本身的体制也有密切的关系。诗的格律形式，在一定程度上促使议论说理的“诗化”。一段议论用散文表达出来，不会使人感到什么诗意；但是一旦排成有节奏、有韵律的诗行，情况就会发生变化，使人“刮目相看”了。因为形式对内容也有一定的反塑作用。

例如唐无名氏的《金缕衣》：

劝君莫惜金缕衣，劝君惜取少年时。
花开堪折直须折，莫待无花空折枝。

这首诗反复强调的只是一个意思：切莫辜负青春大好时光！但如果直白说出这个意思，就平淡无奇，不会使人感动。现在化为诗行，回旋往复，宛转托譬，就显得情韵缠绵，回肠荡气了。

又如匈牙利诗人裴多菲的一首小诗：

生命诚可贵，爱情价更高。
若为自由故，两者皆可抛！

纯系议论，却有诗味。据说这是意译，并不很准确。但较之更准确的散行白话诗，反而更为人所传诵。其中一个很重要的原因就在于它用了类似五绝的传统格式。

思想和智慧的魅力，对于诗歌女神也是不可缺少的。“经生之理”非诗人之“理”，诗人对于“理”自别有解会。

说理有时是抒情的一种必要调剂，有时则是一种恰到好处的点醒。你读李白的《战城南》，为频繁的战争带来的惨酷景象所震惊，终篇时诗人喊出：“乃知兵者是凶器，圣人不得已而用之！”你感到它是全部形象的点睛之笔，是含着血泪奔迸而出的，而不会认为诗人在“引经据典”；老子的哲言在这里化作诗人的胸臆之语，充满着火一样的激情。你读苏轼的《水调歌头》（明月几时有），感到情韵悠长，浮想联翩；读到“人有悲欢离合，月有阴晴圆缺，此事古难全”，不会嫌它枯燥乏味，而是感到它把怀人的情感深化了，把意境拓宽了，感到诗人这理性的体认也像月光一样清冷，一样忧伤，一样美丽。

理之于诗，有如是者。

声律

情感的发展变化呈现为一种波状的曲线，具有明显的节律感，诗歌的抒情本性决定了形式的声律化的特点，这一特点使它一开始就与音乐相毗邻，而和叙事拉开了距离。节奏和韵律不仅是诗歌的形式特点，其本身也具有一定的抒情效果，在某种意义上也可视为内容的一个因素。

黑格尔说：

> 诗则绝对要有音节或韵，因为音节和韵是诗的原始的唯一的愉悦感官的芬芳气息，甚至比所谓富于意象的富丽词藻还重要。[1]

[1] 黑格尔《美学》第三卷下册，商务印书馆 1981 年版，第 68 页。

节律之于诗，是与生俱来的“胎记”，是诗“原始”的特点，诗作为语言艺术的一种，并不以叙述、陈说为主要目的，而主要是内心情感的抒发，即或描叙外物，亦作为内心的经验而加以主观化。这种内心情感的律动，外现为诗的节奏和韵律，使人讽咏吟味，成为一种可以从感性上把握的美。这一点与音乐颇相类似，而与其他语言艺术相区别，因而成为“唯一的愉悦感官的芬芳气息”。黑格尔把诗的声律高置于词藻之上，正是从诗的美学特征着眼的。中国古代的诗论家也有类似的看法，例如明代的李东阳就是一位十分强调诗的音乐属性的诗论家，他在《春雨堂稿序》中说：

> 夫文者言之成章，而诗又其成声者也。章之为用，贵乎纪述、铺叙，发挥而藻饰；操纵开阖，惟所欲为，而必有一定之准。若歌吟咏叹，流通动荡之用则存乎声，而高下长短之节，亦截乎不可乱。及乎考得失，施劝戒，用于天下，则各有所宜而不可偏废。

李东阳在这里提出诗与文的不同特点和功能，而特别揭出诗“存乎声”的特点。在《沧州诗集序》中，他说得更为简要：“诗之体与文异。”“以其有声律讽咏，能使人反复讽咏，以畅达情思，感发志气。”总之，诗之所以为诗，就在于有声律，可讽咏，因而对诗的鉴赏，就不仅要“具眼”，还必须“具耳”。[1] 前者是辨其体格，后者是辨其声调，而声调在李东阳看来显得更为重要。他欣赏陈献章“论诗专取

[1] 李东阳《怀麓堂诗话》。

声”，认为“最得要领”。[1] 李东阳认为诗中寄寓着个人乃至时代的情感和情绪，就像音乐一样各成音调，欣赏诗歌，也如欣赏音乐，可以从不同的声调中感知不同的情感内涵，得到不同的审美享受。

诗的音韵美，是内在的情感内容的感性显现，是愉悦欣赏者感官的“芬芳气息”。这种“芬芳气息”，具有不假思索而直接感动人的特点，这一点也与音乐相类似。晁补之称赞秦观《满庭芳》词中“斜阳外，寒鸦数点，流水绕孤村”等句，认为“虽不识字人，亦知是天生好言语”[2]。正是赏其音韵之流美，即使不领会其内容，仍可从音调上感知其美。梁启超在《中国韵文里头所表现的情感》一文中也曾举出李商隐《碧城》三首之一：

碧城十二曲阑干，犀辟尘埃玉辟寒。
阆苑有书多附鹤，女床无树不栖鸾。
星沉海底当窗见，雨过河源隔座看。
若使晓珠明又定，一生长对水晶盘。

他说：“这些诗，它讲的什么事，我理会不着。拆开一句一句的叫我解释，我连文义也解不出来。但我觉得它美，读起来令我精神上得一种新鲜的愉快。”这正是从声律音韵上直觉地感知到的诗的“芬芳气息”，它似乎是超“语义”的，却又分明有情感内涵，能使人在精神上受到感动，这种审美感受正是近乎音乐性的诗歌特点所产生的。

诗的声律，既是情感的一种表现，又是对情感的一种限制。情感

[1] 李东阳《怀麓堂诗话》。
[2] 胡仔《苕溪渔隐丛话》后集卷三十三。

之流，如果不加以节制和引导，就会无拘束地泛滥，“诗人的任务就在于在这种无规律之中显现出一种秩序，一种感性的界限，因而替他的构思及其结构和感性美界定出一种较固定的轮廓和声音的框架”。[1] 从这个意义上说，诗人的本领就在于戴着声律的镣铐跳舞，限制于是又成为表现的凭借。闻一多说：“恐怕越有魄力的作家，越是要戴着脚镣跳舞才跳得痛快，跳得好。只有不会跳舞的才怪脚镣碍事，只有不会作诗的才感觉得格律的缚束。对于不会作诗的，格律是表现的障碍物；对于一个作家，格律便成了表现的利器。”[2]

内在节奏

节奏既是诗的感性外表，也是诗的内在生命的律动，有诸内而形诸外，内在的节奏较之外在的节奏更为重要。《三字经》《百家姓》《千字文》以及《汤头歌诀》等都有节奏，却不是诗，道理就在于此。

内在的节奏，主要是指情绪的统一和变化。抒情诗总是立足于现在时点上来把握和表现集中于自我的心理体验，为了突出某种主导性的情感，就必须围绕主导情感形成统一的基调。这种统一的节奏，强化了主导情感，并赋予诗的内在结构以一种高度的整一性。然而，如果光有统一的基调而缺少变化，主导情感就会显得孤立贫乏，因而必须寓统一于变化之中，使情感基调通过情感强度的变化得到完美的表现。

请看杜甫的《闻官军收河南河北》：

[1] 黑格尔《美学》第三卷下册，第 71 页。

[2] 《诗的格律》，《闻一多全集》(三)，生活·读书·新知三联书店 1982 年版，第 413 页。

剑外忽传收蓟北，初闻涕泪满衣裳。
却看妻子愁何在，漫卷诗书喜欲狂。
白首放歌须纵酒[1]，青春作伴好还乡。
即从巴峡穿巫峡，便下襄阳向洛阳。

这是杜甫在四川听到平定安史之乱的捷报而写下的一首诗。首句不入韵，是七律的变格。“收蓟北”，三字一顿，反映了突然听到这个捷报时那种惊喜莫名、蓦地发呆的心理状态。从节奏上说，这一顿，正是蓄而后发。接着欣喜激动的心情就如开闸的洪水奔腾而出，波翻浪涌，一步步推向高潮。我们看到这位白发满头的诗人，兴奋得像一个孩子，他抛开诗书，要大声歌唱，要痛快喝酒，要在大好的春光中还乡，并且急不可待地规划还乡的路线。“即从”“便下”，迅急有如闪电；再加以“穿”“向”两个动态词，把“巴峡”“巫峡”“襄阳”“洛阳”四个地名贯穿起来，一个连一个地从眼前飞速闪过，诗人展开狂想的翅膀，仿佛转瞬之间就飞到了故乡。王嗣奭《杜臆》说：“此诗句句有喜跃意，一气流注，而曲折尽情。”确切地点出了主导情感的统一和变化。“一气流注”，是指贯穿全诗的狂喜之情；“曲折尽情”，则指这种情感的曲折变化，淋漓尽致。浦起龙《读杜心解》称许此诗为杜甫“生平第一首快诗”。这个“快”，既指心情的欢快，也指节奏的快速。诗歌节奏正是内在的情感节奏的反映。读这样的诗，你无法拖长声调，慢吞吞地吟诵，要这样，就感到不对劲，走味了。相反，你诵读老杜的《登高》，自然就会放慢节奏，拖长声调，因为这首诗的基调感慨苍凉，是低沉的喟叹，诗的内在节奏迟缓而沉重，你必须跟着它

[1] 白首，一作“白日”。

的节奏，才能走进诗境，谛听到诗人的心声。

相似的情感发生在不同的个体身上，由于彼此社会背景、心理素质及体验方式等多种因素的差异，表现在诗歌中，既可以看到某种相似的情感基调，又能够发现因不同情感个性而形成的内在节奏的微妙差异。这种差异，也是产生风格多样化的内在根据之一。试比较一下汉代和明代的两首民间情歌：

> 上邪！我欲与君相知，长命无绝衰！山无陵，江水为竭，冬雷震震，夏雨雪，天地合，乃敢与君绝！（汉乐府古辞《上邪》）
>
> 要分离，除非天做了地。要分离，除非东做了西。要分离，除非是官做了吏。你要分时分不得我，我要离时离不得你。就死在黄泉，也做不得分离鬼！（明民歌《劈破玉·分离》）

这两首民歌都是抒写对爱情的坚贞不渝，情感真挚强烈，表现方式也有相似之处。前者以自然界不可能发生的奇异现象来反证爱情的地久天长，后者则由自然界扩大到人间社会和黄泉地府，指证的范围显得更广泛。这两首民歌基调十分相似，但我们细细体味一下，也不难感到两者内在节奏上的微妙差异。第一首民歌呼天盟誓（“上邪”，犹如喊“天啊”），披肝沥胆，让天地山川为坚贞的爱情作证，把不可改变的自然规律赋于永恒的爱情。情感热烈而又单纯质朴，并带有某种“天人合一”的神圣意味，反映了中国封建社会早期的特色。第二首的口吻则更像热恋中的男女之间的情誓。从彼此决不分离的坚贞誓愿中，也可以看到封建礼教拆散无数美满姻缘的阴影，因而带有更多社会人间的意味。两首民歌都用假言式的推断，但第一首形式上不出现假言，只是历数大自然的变异，只有到山川变位，四季颠倒，天崩地陷的那一天，爱情才会断绝。爱情和宇宙一同毁灭的表现方式，使这首诗具有某种“崇高”的美学风格。全诗语气坚决果断，节奏愈趋愈强，如紧锣密鼓，最后猛击一槌，戛然而止，情感也达到高潮。内在节奏逐次上升的曲线十分鲜明。后一首“除非天做了地”“除非东做了西”“除非是官做了吏”“就死在黄泉”等句，假设的口吻很明显，坚贞的情感寄寓在机巧的语气之间。几个假设之间的轻重递进关系不太显著，内在节奏较为均衡，基本上不呈逐次上升的曲线，而更多地带有复沓回环的意味。这种节奏的特点，与心灵执着地追求彼此相契恰好相吻合。

主导情感不一定直线式地贯注在每一句诗中，它可以有断续起伏，旁见侧出，甚至通过对立的情境加以烘托和反衬，情感的统一和变化各随其宜，不取单一的模式。然而不管如何，作为情感统一和变化的内在节奏始终贯穿全诗，从这个意义来说，内在节奏颇接近于古代诗论所说的“意脉”。主导情感不必处处正面表现，“意脉”却必须处处贯通；“意脉”不贯通，节奏不跳动，诗句就偏瘫了。中国古典诗词，讲究起承转合，这其实就是内在节奏的一种跳动规律。以绝句来说，四句诗，通常就分别代表起承转合的四个部分，其中以“转”最为吃紧，所以古人很看重第三句。元人杨载说：“绝句之法要婉曲回环，删芜就简，句绝而意不绝，多以第三句为主，而第四句发之。有实接，有虚接，承接之间，开与合相关，反与正相依，顺与逆相应，一呼一吸，宫商自谐。大抵起承二句固难，然不过平直叙起为佳，从容承之为是；至如宛转变化，工夫全在第三句，若于此转变得好，则第四句如顺流之舟矣。”（《诗法家数》）沈德潜肯定了杨载的看法：“杨仲弘论绝句，以第三句为主，而第四句发之，盛唐多与此合。”（《唐诗别裁》）王楷苏也说：“七绝全要在第三句着力，须为第四句留下转身之地，第三句得势，第四句一拍便着。譬之于射，三句如开弓，四句如放箭也。”（《骚坛八略》）今人则把第三句比喻为排球的二传手，二传得势，扣杀就可得手。五绝、七绝都如此，衍此意于律诗亦然。清人吴乔就说：“七绝之起承转合者，衍其意可作七律，七律亦可收作七绝。”（《围炉诗话》）张谦宜说：“绝句一句一转，却是四句只成一事，着重尤在第三句一转，方好收合，虽只四句，与律法无异，意不透不妙，意已竭亦不妙。”（《茧斋诗谈》）指出无论绝句律诗，意脉既要首尾贯穿（“透”），终篇时又不可尽露（“竭”），而关键在于第三句的“转”。这一“转”，是全诗内在节奏最重要的一环，关系到整条诗链之能否振起。

例如刘禹锡的《乌衣巷》：

朱雀桥边野草花，乌衣巷口夕阳斜。
旧时王谢堂前燕，飞入寻常百姓家。

一、二两句已写出昔日高门士族聚居的锦绣繁华之区已变得凄凉冷落，第三句不再作正面渲染和直接抒发感慨，却从乌衣巷口寻巢的飞燕着眼，认定它们正是从前栖息在王谢高门厅堂上的旧燕，赋予它们以历史见证人的身份，紧接着从燕子的归宿点明昔日的王谢高门已为而今的“寻常百姓”所代替。这一转一收，流露了作者对人世沧桑的无限感慨。“旧时王谢堂前燕，”把过去与现在联结起来，把时空情景的变化沟通起来，转折得十分自然，而情景的落差很大，跌宕生姿，令人唱叹不尽。

词的章法，也体现了起承转合的节奏，通常上片写景，下片抒情，由间接抒情而转为直接抒情。过片处强调不可断了意脉，要似断似连，似承似转，张炎所谓“最是过片不要断了曲意，须要承上接下”（《词源》），这也是节奏的关键所在。

例如陆游的《夜游宫·记梦寄师伯浑》词：

雪晓清笳乱起，梦游处，不知何地。铁骑无声望似水。想关河，雁门西，青海际。　　睡觉寒灯里，漏声断，月斜窗纸。自许封侯在万里。有谁知，鬓虽残，心未死！

上片写梦境，神游西北关河，恢复之志隐然可见。过片写梦醒的冷寂景象，以反衬下文身老心雄，一腔报国的热情仍如熊熊的烈火在心头燃烧。过片将梦境和实感联成一气。全词起承转合，层次分明，内在节奏环环相扣，进展均衡。

然而并不是所有作品都如此。有的诗词，主导情感开始隐而不露，似乎“喧宾夺主”，待到推向某个极限，突然大幅度地陡转，形成一种力挽千钧的态势，使主调高唱入云，同时急速收住。节奏大起大落，情感的统一与变化打破了通常均衡的格局，形式的倾斜与内容的反倾斜形成鲜明的对比，它所产生的强烈节奏感也格外富有艺术魅力。

例如李白的《越中览古》：

越王勾践破吴归，战士还家尽锦衣。
宫女如花满春殿，只今惟有鹧鸪飞。

这首诗写越王勾践破灭吴国后凯旋归师，战士们都受到赏赐，脱下战袍，换上锦衣，勾践也志得意满，沉酣于宫庭宴乐，把卧薪尝胆的往事都忘却了。前三句一气直下，写来花团锦簇，有烈火烹油之盛。第四句却陡然转折，把胜利、威武、富贵、荣华一笔扫去。通过今古时空的鲜明对比，在客观性的反讽画面中流露出主体深沉的今昔盛衰之感。这首诗打破了绝句在第三句转折的常规，而把转折点放在第四句，且转且收。形式上是三与一之比，重心严重倾斜；内容上则通过四分之三篇幅，从对面的竭力渲染，形成巨大的情景反差，使最后的陡然一转，足以笼罩前面三句，从而使形式上倾斜的重心恢复平衡，而且大大增加了内在情感的张力，节奏也相应地大幅度地跌宕，显得格外夭矫多姿。沈德潜评此诗说："三句说盛，一句说衰，其格独创。"(《唐诗别裁》) 清管世铭《论文杂言》说："杜公'蓬莱宫阙对南山'，六句开，两句合；太白'越王勾践破吴归'，三句开，一句合，皆律绝中创调。"[1] 这种"创调"或变格，打破起承转合的常规，内在节奏有其特异之处，试比较一下刘禹锡的《乌衣巷》，同是感慨今昔盛衰，同为传诵千古的名篇，而其情感的力度和韵味却有差异，这种差异就是由内在节奏的不同变化而产生的。

又如辛弃疾的《破阵子·为陈同甫赋壮词以寄》：

醉里挑灯看剑，梦回吹角连营。八百里分麾下炙，五十弦翻塞外声，沙场秋点兵。　马作的卢飞快，弓如霹雳弦惊。了却君王天下事，赢得身前身后名。可怜白发生！

---

[1] 按：杜甫《秋兴八首》之五："蓬莱宫阙对南山，承露金茎霄汉间。西望瑶池降王母，东来紫气满函关。云移雉尾开宫扇，日绕龙鳞识圣颜。一卧沧江惊岁晚，几回青琐点朝班。"前六句追思长安全盛时宫阙壮丽，朝省尊严，末二句感叹自己流落江湖，久违朝班。即所谓"六句开，两句合"，格法与李白《越中览古》有近似之处，但逆挽的意味不强。可以比照相参。

按照词谱，《破阵子》是由句法、平仄、韵脚完全相同的上下片构成的，结构均衡对称。这首词却打破了上下片的界限，前面九句一气直下，驰骋疆场，英勇杀敌，实现报国的壮志，赢得青史的英名，写来慷慨激昂，不愧“壮词”。然而正当攀上理想的高峰时，却急转直下，一落千丈，“可怜白发生！”这沉痛的叹息，表明前面那些轰轰烈烈的场面，不过是醉梦之中的理想境界而已。这一腔报国壮志，只能化为纸上的“壮词”，而找不到实现的土壤。全词从意义上看，是九句与一句之比，形式上的重心倾斜更严重，所形成的情景反差和逆挽的幅度更大，反激的情感力度也更强。内在节奏经过逐次强化，在将临最高点时却陡然而落，戛然而止，显得格外拗怒而有力。这首词与前引陆游的《破阵子》都是抒写爱国志士“壮志难酬”的悲愤，因为格局不同，内在节奏有异，而呈现出两种不同的风貌。由此可见内在节奏对抒情风格的影响。

外在节奏

诗歌外在的节奏是与语言的民族特点相联系的。汉语的一个重要特点是大量单音节词的存在，除了极少数联绵字不能单独释义外，每个汉字都是形、音、义三者的统一，即都是单音节的词。中古以后，双音节词逐渐增多，但基本词汇仍以单音节词为主。大量双音节词和多音节词的出现，是近百年来的事，这些后起的多音节词又大多是单音节词合成的。汉语词汇的这种特点，形成了中国古典诗律以音节的组合、平仄、对偶和用韵为基本形态。这种形态的成熟表现是齐梁以后形成的律诗、绝句等近体诗。其句式是齐一的五言或七言。词曲虽然打破齐言的整一，但其基本句式，仍从五、七言发展变化而来。

（一）音节组合

音节组合是形成外部节奏的重要因素。汉语一个字为一个音节，四言诗每句四个音节，五言诗每句五个音节，七言诗每句七个音节。通常以两个音节组合为一个音步，或称一顿。四言二顿（二二），五言三顿（二二一或二一二），七言四顿（二二二一或二二一二）。顿表示一个节奏单位，或略作停顿，或曼声吟诵；顿的划分兼顾音节的整齐和意义的完整。例如：

月明／星稀，
乌鹊／南飞。

——曹操《短歌行》

举头／望／明月，
低头／思／故乡。

——李白《静夜思》

西宫／夜静／百花／香，
欲卷／珠帘／春恨／长。

——王昌龄《西宫春怨》

这样的顿，音节与意义相一致，属于多数。但也有不相一致的情况。如：

回乐／烽前／沙／似雪，
受降／城外／月／如霜。

——李益《夜上受降城闻笛》

二十／四桥／明月／夜。

——杜牧《呈扬州韩绰判官》

相见／时难／别／亦难。

——李商隐《无题》

“回乐烽”“受降城”“二十四桥”“相见时”等完整的意义单位被拆散了，但诵读时并不致误解。

顿是最基本的节奏因素，然而诗歌的节奏效果还有赖于每句中顿的奇偶划分。四言诗二二，无奇数；五言诗二三，七言诗四三，都是奇偶相间。相比之下，四言诗两顿，前后均等切分，缺少变化，节奏单调呆板，远不如五、七言诗的流利活泼。五、七言之取代四言，从音律上说也有其必然的原因。同样的道理，六言绝句之不能与五、七言绝句并驾齐驱，也是因为二二二的音节组合无法作奇偶相间的切分，不符合汉语诗歌节奏的规律。

仔细研究一下奇偶相间的规律，还可以发现，偶数的音节和奇数的音节在节奏上具有不同的调性。偶数音节的调性近于说白，奇数音节的调性近于咏叹。五、七言诗每句以奇数音节收尾，所以咏叹的调性较强。骈体文以四言、六言为基本句式，音节的划分全是偶数，虽然也有节奏感，却是叙述的调性，而非诗的咏叹调性。

例如王勃《滕王阁序》中的两句：

渔舟／唱晚，响穷／彭蠡／之滨；
雁阵／惊寒，声断／衡阳／之浦。

两字一顿，读起来就像戏曲人物的念白。即或是七字句，其音节组合如果无法划分为四三的奇偶相间式，而以偶数收尾，也仍然属于说白的节奏。如《滕王阁序》中的名句：

落霞与孤鹜齐飞，秋水共长天一色。

无论从音节或意义上都不能划分为："落霞与孤 / 鹜齐飞，秋水共长 / 天一色"，而只能是："落霞 / 与 / 孤鹜 / 齐飞，秋水 / 共 / 长天 / 一色"，或："落霞与孤鹜 / 齐飞，秋水共长天 / 一色"。但是如果把这两个七字句改变一下，变成以奇数音节收尾的四三式，其节奏也相应起了变化：

落霞孤鹜 / 相与飞，
秋水长天 / 同一色。

意思和字数不变，调性却由说白而变为诗的咏叹。

这种三音节的收尾结构，以其吟咏的调性，大大提高了诗歌的韵律美[1]。为了进一步说明这一点，我们不妨通过句式结构的变化来考察它的奇妙作用。例如张继的《枫桥夜泊》：

月落乌啼 / 霜满天，
江枫渔火 / 对愁眠。
姑苏城外 / 寒山寺，

[1] 孙绍振《美的结构》一书中《我国古典诗歌节奏的动态结构》曾论及三言结构为构成吟咏调性的主导要素，本文颇采其说，可参看。见人民文学出版社1988年版，第245–248页。

夜半钟声 / 到客船。

奇偶相间，而以奇收尾，吟咏的调性很明显。如果把结尾的三音节结构改为双音节结构，调性即起变化：

月落 / 乌啼 / 秋霜 / 满天，
江枫 / 渔火 / 正对 / 愁眠。
姑苏 / 城外 / 寒山 / 古寺，
夜半 / 钟声 / 传到 / 客船。

这就变为说白调了。但如果每句删去两个音节，而结尾的三音节结构不变，则调性亦不变：

乌啼 / 霜满天，
渔火 / 对愁眠。
城外 / 寒山寺，
钟声 / 到客船。

即使再删去两个音节，只剩下三音节结构，意义上虽然受到影响，吟咏的调性却依然存在[1]：

霜满天，
对愁眠。

[1] 古代童蒙读物用《三字经》的形式，正取其易吟诵、便记忆。

寒山寺，

到客船。

如果把齐言的句式变为杂言，而仍保持收尾的三音节结构，其吟咏调性也不会消失：

月落乌啼／霜满天，

渔火／对愁眠。

城外／寒山／古寺，

钟声／到客船。

这就近于词的长短句式了。词的长短句式，看似错杂多变，其基本要领在于奇字句和偶字句的有规则组合，或偶以间奇，或奇以间偶，以体现奇偶相生的妙用。而收尾的三音节奇数结构和双音节偶数结构的相间相渗，则形成吟咏调性和说白调性的交错，使词的节奏和音调更多变化而美听。后来的散曲如果略去衬字，其句式和节奏原理也并无二致。

（二）平仄

中国古典诗律的另一重要形式是字音的平仄组合。这也是诗歌外在节奏的重要形态。平仄是一种声调的关系，汉语的轻重音不起区别词义的作用，声调却起着区别词义的作用。声调以音高为主要特征，将汉语的四声区分为音高平衡的平声和音高曲折起伏的仄声，并且以平仄有规律的交替和重复，造成音调的和谐，产生诗行的节奏。

汉语字音的分别音调，古已有之。上古声调只有平声和入声两类，中古才有了上声（大部由平声变来，小部由入声变来）和去声（大部由入声变来，小部由平声变来），但直到六朝以前尚无四声的名称。齐梁之际，沈约、周颙等人才以平、上、去、入四声作为各类调名，总称“四声”，并把它应用于诗文创作。《梁书·庾肩吾传》说：“齐永明中，文士王融、谢朓、沈约文章，始用四声，以为新变。”沈约在《宋书·谢灵运传论》中对于四声如何具体运用于诗歌创作有过一段纲领性的论述：

> 夫五色相宣，八音协畅，由乎玄黄律吕，各适物宜。欲使宫羽相变，低昂互节，若前有浮声，则后须切响。一简之内，音韵尽殊；两句之中，轻重悉异。妙达此旨，始可言文。

这里所说的“宫羽”“低昂”“轻重”“浮声”以及“切响”，都是指平仄而言。沈约要求注意平仄的对立统一，使一句之内和两句之间各字的声调有规律地变化，才能产生和谐的节奏韵律。这是对陆机《文赋》中提出“暨音声之迭代，若五色之相宣”的诗歌声律美理论的发展和具体化。沈约还针对诗歌创作中运用四声出现的弊病，提出“平头”“止尾”“蜂腰”“鹤膝”等几种病犯（后来又增加“大韵”“小韵”“旁钮”“正钮”，总称“八病”），这是从消极方面力求避忌，在积极方面则是平仄格律的建立。从沈约等人创立声律理论和进行创作实践，到初唐的沈佺期、宋之问，经过二百年左右，近体诗的格律才趋于成熟定型。五、七言律诗则是它的代表。宋之问擅五律，沈佺期擅七律，清人钱良择在《唐音审体》中说，律诗到了沈、宋手中，“其格始备”。

近体诗的平仄格律，按照平起仄起和首句入韵与否，可以排列成不同的格式。初学者往往觉得难以记住，其实只要懂得它的规律，就能很快掌握。

近体诗平仄的基本规律是:

1. 一句之中平仄相间。

如: 仄仄平平仄。

2. 一联之间平仄相对。

如: 仄仄平平仄,

平平仄仄平。

(上句如作首句入韵,则为: 仄仄仄平平。次句仍为: 平平仄仄平。)

3. 两联之间,下联上句与上联下句开头的平仄相粘。

如: 仄仄平平仄,

平平仄仄平。

平平平仄仄,

仄仄仄平平。

所谓“相粘”,是指下联的上句和上联的下句开头的平仄(五言为开头两个音节,七言为开头四个音节)相同。近体诗每句都是单言的奇数,平仄的交替形式只有两类,仄起为:

仄仄平平仄,

仄仄仄平平(首句入韵)。

平起为:

平平平仄仄,

平平仄仄平(首句入韵)。

首句不入韵者,在两句平仄相对以后,第三句如果再与第二句相对,势必重复第一句的平仄;首句入韵者,则第四句的平仄必与第二句重复。这样就显得单调,所以必须采用相粘的方法,使相近的两联平仄不至于相同。这样实际上就形成四句一组的平仄交替复现周期。

绝句正好是一个周期，律诗则为两个平仄周期，排律则在两个半周期以上。掌握了这种平仄相间和粘对的规律，就知道把上述“仄仄平平仄，平平仄仄平，平平平仄仄，仄仄仄平平”再顺次重复一遍，就组成一首仄起的五律格式。平起的五律格式，按照同样的规律，也可以顺当地排列出来。七律的粘对规律与五律完全相同，不过多两个音节而已。五绝和七绝，则分别是五律和七律的减半，只需依照律诗的平仄，注意不违反粘对的规律就是了。

关于近体诗的平仄格式，还有两句口诀，即所谓：“一三五不论，二四六分明。”意思是说每句的第一字、第三字和第五字的平仄可以不拘，第二字、第四字、第六字的平仄则必须严守。这是就七言诗而说的，以此类推，五言诗应该是：“一三不论，二四分明。”一般说，强调“二四六分明”，是因为这几个音节正处在平仄相间、相对和相粘的关键地位，所以不能含糊。但对于“一三五不论”，却不能一概而论，至少下列两种情况是例外：

第一，五言的“平平仄仄平”，不能改为“仄平仄仄平”。

第二，七言的“仄仄平平仄仄平”，不能改为“仄仄仄平仄仄平”。

如果违犯这一规律，就称为“犯孤平”。因为这样一来，上述两式中除韵脚的平声是固定的外，句中只剩下一个平声字了。这种“孤平”，古代诗家视为大忌。此外，还要避免在句末出现三平或三仄。“三平调”尤应避忌。

总之，近体诗平仄的相间、相对和相粘的原则，都是为了避同求异，寓变化于统一之中，以造成抑扬顿挫的节奏和回环曲折的旋律感。词曲作为杂言，句式较多变化，但仍是一种长短句的格律诗，其平仄的周期交替原则与近体诗并无二致。因而只要掌握了近体诗的平仄格律，对于词曲的平仄格律也就思过半矣[1]。

（三）对仗

骈偶，或称对仗，也是构成近体诗格律的要素。对仗作为语言的一种排偶现象，是比较普遍的。西方语言中也有排偶，但因为受到多音节的限制，不能如单音节的汉字那样排比整齐。汉字单音节的特点，使得骈偶十分发达。黄侃说：

> 尚考文章之多偶语，固由便于讽诵；亦缘心灵感物，每有联想之能；庶事浩穰，常得齐同之致。或比方而愈了，或反复以相明。兼以诸夏语文，单畸成义，斯所以句能成匹，语可同均。是则联想之思，人类所同有；排比之文，吾族所独擅。论文体者，宜于此察也。[2]

他从人事和物情的天然相配、人类的联想心理、记诵习惯以及汉字单音成义的特点阐述了排偶语普遍存在的根据，指出这种语言现象虽为"人类所同有"，却是"吾族所独擅"，事实确是如此。

我国上古的歌谣和散文里已时见偶句，辞赋兴起以后，骈偶应用日广，至六朝骈体文而更见精工，所谓"骈四俪六，锦心绣口"；同时讲究声律和对仗的律体诗也在探索尝试之中，体格初具，至唐则臻于成熟而定型。近体诗的对仗不同于普通的骈语，它要求上下两

[1] 李清照《词论》说："盖诗分平仄，而歌词分五音，又分六律，又分清浊轻重。"认为词对音律的要求比诗更严。但这只是格律派诗人的意见，而且他们自己也不尽恪守。王骥德《曲律·论声调》则明确地说："盖曲之调犹诗之调。"并谓"须熟读唐诗，讽其句字，绎其节拍，使长灌注融液于心胸口吻之间。机括既熟，音律自谐，出之词曲，必无沾唇拗嗓之病"。

[2] 黄侃《书〈后汉书〉论赞》。见骆鸿凯《文选学评骘》第八所引。

句之间平仄、词义、结构都要严格相对，而且必须避免同字出现。这种对仗主要见于律诗的颔联和颈联，即中间两联（排律一般首尾两联不用对仗，中间无论多少联一律须用对仗）。绝句则多数不用对仗。

对仗的名目繁多，但大体上可分为对得工整的“工对”和有所变通的“宽对”两大类。其基本原则是在整齐中求变化，就内容和对仗方式来说，都忌上下雷同，即所谓“合掌”。《文心雕龙·丽辞》说：“反对为优，正对为劣。”又说：“反对者，理殊趣合者也。正对者，事异义同也。”所谓“理殊趣合”，是指意义不同而情趣一致，即变异中具有一种内在的统一性，所以为优。“事异义同”是指事例不同，意义一致，即只具有外表的差异，而缺乏内在的对立统一，所以为劣。

近体诗的对仗，通过内容的对照、映衬和形式的齐整而有变化，取得一种对应性的和谐和相反相成的节奏，具有强化内容重点和增加音律美的作用。对仗省略了有关因果、承续、递进等逻辑联系，以高度凝练的形式组成一种带有张力的特殊结构。天上地下，东西南北，喜怒哀乐，纷纭各异的事物和情思均可以摄入其内，通过不同的组合对应，产生奇妙的意味和类似电影蒙太奇式的画面节奏：

渭北春天树，江东日暮云。

——杜甫《春日忆李白》

一年将尽夜，万里未归人。

——戴叔伦《除夜宿石头驿》

秋草独寻人去后，寒林空见日斜时。

——刘长卿《长沙过贾谊宅》

几处吹笳明月夜，何人倚剑白云天。

——李益《盐州过胡儿饮马泉》

沉舟侧畔千帆过，病树前头万木春。

——刘禹锡《酬乐天扬州初逢席上见赠》

此日六军同驻马，当时七夕笑牵牛。

——李商隐《马嵬》

胡蝶梦中家万里，杜鹃枝上月三更。

——崔涂《春夕旅怀》

身行万里半天下，僧卧一庵初白头。

——苏轼《龟山》

桃李春风一杯酒，江湖夜雨十年灯。

——黄庭坚《寄黄几复》

白发无情侵老境，青灯有味似儿时。

——陆游《秋夜读书每以二鼓尽为节》

律诗的对仗，通常都在中间两联，首尾对仗的较少。这样就全篇来说，有骈有散，奇偶结合，更增加了声律节奏变化统一之美。少数近体诗有三联或通首都用对仗者，但亦以骈而见散，能于整齐中透出活泼流动之意趣者为上。

词曲的对偶与近体诗有所不同，如对偶的地位并无硬性规定，也不限定平仄相对，甚至连句数也不限于两句，如曲即有三句成对的“鼎足对”。尽管有这些不同，但其基本规律仍是寓变化于统一。

（四）押韵

押韵也是形成中国古典诗歌声律美的一个重要因素。押韵是相同或相似的音质在一定位置的复现。通过这种复现，使情感在一定的区域间回旋往复，得到充分的渲染；换韵则意味着情感的变化起伏。黑格尔认为“韵使音律更接近于单纯的音乐，也更接近内在的声音”。[1]同韵有规律的复现，既能形成鲜明的节奏，又可以把分散的声音组成一个整体，犹如音乐中反复出现的主音，能把整个乐曲贯穿统一起来。

西方有些民族的诗歌，由于语音的长短、轻重的差别显著，因而利用长短交替和轻重相间形成鲜明的节奏，相对来说，押韵却显得不太重要。例如古希腊和英语诗歌就是如此。以单音节为主干的汉语，由于语音的长短、轻重的区别不明显，于是押韵就成为形成诗歌节奏的要素之一。中国古典诗歌押韵是在句尾，句尾是意义和声音的自然停顿处，再加上押韵，所造成的节奏感就更为强烈。古人很重视押韵，沈德潜说：“诗中韵脚，如大厦之有柱石，此处不牢，倾折立见。”[2]

中国古典诗歌的押韵，唐以前完全依照当时的口语，唐以后才依照韵书。先秦诗歌韵部较宽，押韵求其近似，并不十分谐和。汉代用韵也较宽，到了六朝才渐趋严格。六朝时出现了一些韵书，如李登的《声类》、吕静的《韵集》、夏侯咏的《四声韵略》等。但这些私家著作无法强人必从，不能统一押韵的标准。大抵北方作者以洛阳音为主，南方作者以金陵（南京）音为主，南北方音既有不同，南北韵书的分韵也不完全一致。隋代陆法言作《切韵》，斟酌南北方音和参照古音，分别四声，共分一百九十三韵。尽管有的方音与《切韵》不完全相同，但大类相近，这样就便于使用者自己取舍。唐代孙愐又以《切韵》为底本，增字加注，重新刊定，改名《唐韵》，成为官定的韵书，科举考试作诗、作赋，就以它作为押韵的标准。从此诗歌用韵就从依照口语

[1] 黑格尔《美学》第三卷下册，商务印书馆 1981 年版，第 83 页。
[2] 沈德潜《说诗晬语》卷下。

而转为遵从韵书，这是一个重大的变化。北宋陈彭年等奉诏修订《广韵》，即基本根据《唐韵》，分四声，共二百零六韵。但有些韵可以“同用”，相近的韵可以通押，实际上只有一百十二韵。南宋平水人刘渊增修《壬子新刊礼部韵略》，归并《广韵》二百零六韵为一百零七韵，这就是“平水韵”。到了元末阴时夫的《韵府群玉》，又把“平水韵”并为一百零六韵，这就是后来大家习惯所称的“诗韵”。它基本上保存着隋唐时代的语音，和当时的口语有一定的距离，却一直为明清以来的作诗者所沿用。

词的用韵，大抵唐五代与诗韵相同，到了宋代乃有根据方音口语押韵者，上去声通押亦已相当普遍，实际用韵与诗韵逐渐离异，韵脚也由密而转疏。清代仲恒的《词韵》，就是根据宋词的用韵归纳而成的。

曲韵有元代周德清的《中原音韵》，此书一扫以官修韵书为正统的陋习，完全按照当时北方的实际语音为标准，以供写作北曲的需要。它四声通押，共分十九个韵部，已接近现在的北京音，而其首倡“平分阴阳，入派三声”之说，也已同于今北京音的调类。现代北方曲艺按“十三辙”押韵，就是承袭《中原音韵》的。

情感和韵律的对应

音节组合、平仄、对偶和用韵是形成中国古典诗歌音律美的四个要素，它们虽然各自具有相对独立的审美意义，但只有与诗歌情感内容的表达相结合时，才能成为实现了的艺术形式，而充分发挥其音乐性的诗歌审美功能。

情感和韵律有某种对应的关系，所谓声情相应，心灵通过韵律获得感性的表征，韵律通过心灵获得生命流动的满足。黑格尔说：“正像在音乐的表现里节奏和旋律须取决于内容的性质，要和内容相符合，诗的音律也是一种音乐，它用一种比较不太显著的方式在使思想的时而朦胧时而明确的发展方向和性质在声音中获得反映 [1]。”

韩愈的《听颖师弹琴》是一首写乐曲的名篇，前十句摹写琴声的变化和聆听的感受，绘声绘情，深得其妙：

昵昵儿女语，恩怨相尔汝。
划然变轩昂，勇士赴敌场。
浮云柳絮无根蒂，天地阔远随飞扬。
喧啾百鸟群，忽见孤凤凰。
跻攀分寸不可上，失势一落千丈强。

开头两句多用舌前声母 n 和 i、u、ü 等开口度不大的韵母，字音轻柔相近，贴切地表现了小儿女耳鬓厮磨、窃窃私语的情态。三、四两句由细声韵一变而为开口度大的 a 韵母和响亮的鼻韵母 an、ang，在声调上则多用迫促的入声字和声值变化显著的去声字，顿觉奋发激昂，声情骤变。接着又写琴声由刚转柔，起伏回荡，音域十分宽广；然而很快繁音促节大作，由此烘托出乐曲高昂的主旋律。这逐级上升的主调到了最高音区，突然又一下跌落下来，声情起伏，变化无穷。这几句通过五言和七言的交错运用和声韵的巧妙安排，使诗的节奏变化与琴声的疾徐继续、高低起伏相协调，如第六句“随飞扬”用三平调结，形成一种飘浮不定的感觉；第十句“失势一落千丈强”，七个字

[1] 黑格尔《美学》第三卷下册，商务印书馆 1981 年版，第 71 页。

中用了五个仄声字，调值变化急促，都熨帖地表现了乐曲节奏情境的变化和听者主观感受的同步反应。

由于内心生活的复杂多样，诗歌要求复杂多变的音律和内部结构。黑格尔说："心情的状态和整个掌握方式都要表现于诗的音律。"[1] 词和曲都是所谓"倚声之学"，对于声情的相称特别看重，因而在抒写"心情的状态"时，还有一个选择相应的"掌握方式"的问题。尤其是长调，声韵安排和篇章结构都比较复杂而严密，更必须注意。南宋词人张炎在谈到长调（慢词）的写作时曾说：

> 作慢词，看是甚题目，先择曲名，然后命意；命意既了，思量头如何起、尾如何结，方始选韵，而后述曲。最是过片不要断了曲意，须要承上接下。[2]

"先择曲名"，即选调，就是考虑选择与自己表现的思想感情相合拍的曲调。例如有的曲调适宜表达慷慨豪壮的情感，有的曲调适宜表达缠绵委婉的情感，就要注意选用，各得其宜。至于韵部也关系到声情的变化，因而在选调之后，还须根据表达情感的需要，选择相适应的韵部，即所谓"选韵"。

在词调中，一般适宜表达豪情壮采或抑塞不平之气的，有《沁园春》《满江红》《桂枝香》《贺新郎》《念奴娇》《永遇乐》《水龙吟》《水调歌头》等。试以《沁园春》为例：

---

[1] 黑格尔《美学》第三卷下册，商务印书馆 1981 年版，第 215 页。

[2] 张炎《词源》卷下。

叠嶂西驰，万马回旋，众山欲东。正惊湍直下，跳珠倒溅；小桥横截，缺月初弓。老合投闲，天教多事，检校长身十万松。吾庐小，在龙蛇影外，风雨声中。　　争先见面重重，看爽气朝来三数峰。似谢家子弟，衣冠磊落；相如庭户，车骑雍容。我觉其间，雄深雅健，如对文章太史公。新堤路，问偃湖何日，烟水濛濛？

——辛弃疾《沁园春·灵山齐庵赋，时筑偃湖未成》

这首词写群山似奔马，长松如战士，静止的景物充满着飞动之势。作者还以古人倜傥儒雅的风度和太史公文章的雄深雅健的风格来比拟壮丽的山川并表达他的审美感受。全词龙腾虎跃，生气勃勃，景物之雄奇和词风之雄奇相得益彰。

这种艺术效果是与词调的声律特色分不开的。词学家龙榆生分析《沁园春》词调的声律特色说：

这个调子，第一、二、三句成一片断；或两个对句，一个单句；或全用单句。每句都是平声落脚，情调是比较低抑的。接着用一个仄声字（最好是去声字）领下四个四言偶句，显示格局的开张，音响也渐由低转高；第四、五句的全用仄收，稍见拗怒，也就把前三句的低抑情调突然激了起来。四句成一片断。接着又是两个四言偶句，缀上一个七言单句成一片断，又把上面过于整齐的形式疏宕一下，显示感情的由缓转急，引起下面的三言句，作为转关；再用一个仄声字领起下面两个四言偶句，作为上半阕的结束。过片处连用的两个韵脚，从上半阕的结尾转出另外一层意境来，情调更趋紧促。以下各个片断的句法和韵脚，都与上半阕第四句以下相同。这许多偶句，都是适宜铺张排比、显示壮阔局面的关键所在。有的利用一个领字把整齐的队伍统帅起来；有的利用一个单句把偶句疏动一下，使它变得非常灵活。这就便于驱使心胸中的豪迈气概，又宽展，又有劲。所以一般豪放派作家，都爱选用这个调子来抒写他的壮阔襟抱。[1]

至于抒写缠绵哀婉的思想感情，则应选用和谐或低抑的词调。龙榆生认为“长调最和婉的，莫过于《满庭芳》”。[2]

例如秦观所作：

山抹微云，天连衰草，画角声断谯门。暂停征棹，聊共引离樽。多少蓬莱旧事，空回首，烟霭纷纷。斜阳外，寒鸦万点，流水绕孤村。　　销魂，当此际，香囊暗解，罗带轻分。漫赢得青楼，薄幸名存。此去何时见也，襟袖上，空惹啼痕。伤情处，高城望断，灯火已黄昏。

龙榆生指出这个调子“对偶句式，都是以平对仄，音节十分和谐；所有相连的句子，在相当地位，也是平仄互换，尤其是句脚，都是前仄后平，构成通体和谐的音节。所以这一曲调特别适宜于表达舒徐和婉或温柔悱恻的思想感情”。[3] 秦观此词，可谓充分发挥声情相谐之极致，所以成为婉约词的代表作。

[1] 龙榆生《词曲概论》，上海古籍出版社 1980 年版，第 158 页。
[2] 同上书，第 113 页。
[3] 龙榆生《词曲概论》，上海古籍出版社 1980 年版，第 113 页。

“选调”还必须与“选韵”相配合，同选一调而用韵不同，其所显示的声情也会发生显著的变化。例如《六州歌头》是一个激昂悲壮的调子，宋程大昌《演繁露》说：“《六州歌头》，本鼓吹曲也。近世好事者，倚其声为吊古词……音调悲壮，又以古兴亡事实文之。闻其歌，使人怅慨。”龙榆生曾就贺铸、张孝祥、刘过、辛弃疾、韩元吉等五位宋代词人的五首同调之作进行比较，指出由于选韵不同，而情调颇不一致，贺、张、刘所作比较豪壮，辛、韩所作转成衰飒。[1]

同样的道理，有的曲调，用平声韵和用仄声韵，声情就大不相同。例如《忆秦娥》通常用仄声韵，但亦有用平声韵者，如贺铸所作：

> 晓朦胧，前溪百鸟啼匆匆。啼匆匆，凌波人去，拜月楼空。　去年今日东门东，鲜妆辉映桃花红。桃花红，吹开吹落，一任东风。

试比较一下李白的仄韵同调：

> 箫声咽，秦娥梦断秦楼月。秦楼月，年年柳色，灞陵伤别。　乐游原上清秋节，咸阳古道音尘绝。音尘绝，西风残照，汉家陵阙。

两者声情的差异，显然可见。

一般说，句法错综，音节安排拗怒多于和谐，句尾又多用仄声字者，曲调就显得慷慨激越；音节和谐，每句多用平声字，或句脚连用

[1] 详见龙榆生《词曲概论》，上海古籍出版社 1980 年版，第 164–165 页。

三个平声字者，其音调就趋向低沉，而宜于表现悱恻哀伤之情。最典型的例子是宋代史达祖的《寿楼春》：

裁春衫寻芳。记金刀素手，同在晴窗。几度因风残絮，照花斜阳。谁念我，今无裳？自少年，消磨疏狂。但听雨挑灯，攲床病酒，多梦睡时妆。　　飞花去，良宵长。有丝阑旧曲，金谱新腔。最恨湘云人散，楚兰魂伤。身是客，愁为乡。算玉箫，犹逢韦郎。近寒食人家，相思未忘蘋藻香。

起首五字全平。“照花斜阳”，连用三平。“今无裳”，三平。“自少年，消磨疏狂”，连用五平。“良宵长”，三平。“楚兰魂伤”，连用三平。“愁为乡”，三平。“算玉箫，犹逢韦郎”，连用五平。全词平声字占了半数以上，音调十分平缓低沉，正适宜表达生离死别的孤凄情绪。有人不了解这个曲调的声情，光看调名《寿楼春》，就误用来作寿词，闹了大笑话。

一方面是因情选调，一方面又因调生情。这是一种双向的选择。曲调作为表现内心生活的一种形式，经过若干世代无数次的重复表现，已凝积了较为固定的情感特征。它好像戏曲的程式，为表现情感服务，但按照某种程式表演，也能激活某种相应的情感。不仅曲调如此，整个诗歌的格律，对于情感内容都具有这种能动的适应性。

韵位的疏密，与所表现的情感的起伏变化、轻重缓急，也有密切的关系。一般说，隔句押韵，韵位均匀，所表现的情感比较舒缓从容；句句押韵，韵位过密，所表现的情感就较为迫促不安。

《诗经·周南·桃夭》：

桃之夭夭，灼灼其华。
之子于归，宜其室家。

桃之夭夭，有蕡其实。
之子于归，宜其家室。

桃之夭夭，其叶蓁蓁。
之子于归，宜其家人。

每章都是隔句押韵，三章之间，平韵和仄韵相间而押，更显得和谐舒展，宜于表现初婚少女舒畅愉快的心情。

元姚燧《凭栏人·寄征衣》曲：

欲寄君衣君不还，不寄君衣君又寒。寄与不寄间，妾身千万难！

四句四韵，韵位很密，又押凄婉的“寒山”韵，就很贴切地表现了闺中少妇寄征衣的矛盾心理和对征夫的关切思念之情。

由于情感的起伏变化而不断地转韵，使韵律随诗情而曲折回旋，形成一种强烈的节奏感和音韵美。这种用韵的形式常见于乐府歌行，唐代张若虚的《春江花月夜》堪称典范：

春江潮水连海平，海上明月共潮生。
滟滟随波千万里，何处春江无月明。
江流宛转绕芳甸，月照花林皆似霰。
空里流霜不觉飞，汀上白沙看不见。

江天一色无纤尘，皎皎空中孤月轮。
江畔何人初见月？江月何年初照人？
人生代代无穷已，江月年年只相似。
不知江月待何人，但见长江送流水。
白云一片去悠悠，青枫浦上不胜愁。
谁家今夜扁舟子，何处相思明月楼？
可怜楼上月徘徊，应照离人妆镜台。
玉户帘中卷不去，捣衣砧上拂还来。
此时相望不相闻，愿逐月华流照君。
鸿雁长飞光不度，鱼龙潜跃水成文。
昨夜闲潭梦落花，可怜春半不还家。
江水流春去欲尽，江潭落月复西斜。
斜月沉沉藏海雾，碣石潇湘无限路。
不知乘月几人归，落月摇情满江树。

这首诗被闻一多誉为“诗中的诗，顶峰上的顶峰”[1]，可谓融诗情、韵律、哲理于一体，从韵律的角度说，这是一首诗的月光曲。全诗三十六句，每四句一转韵，凡转九韵。以平声庚韵起首，依次转为仄声霰韵，平声真韵，仄声纸韵，平声尤韵、灰韵、文韵、麻韵，最后以仄声遇韵收束。诗的前后段都是平韵和仄韵交错相转，形成了强烈的节奏和较快速的旋律，而随着旋律的行进，产生一种明显的情感流动之美。中段抒写男女离情别绪，虽然也以换

[1] 《宫体诗的自赎》，《闻一多全集》(三)，生活·读书·新知三联书店 1982 年版，第 21 页。

韵显示时空情景的变化，却回旋于平声韵之间，诗情往复荡漾，既回顾前章，又流盼终曲，反复咏叹月光与离别相思的主题，奏出全曲的华采乐章。月光是爱情的象征，是离人痛苦心灵的抚慰，明月与天下有情人同在。诗人将爱情这种普遍的人类情感圣洁化、永恒化，以宇宙人生的哲理来烛照爱情的永恒主题，达到了前所未有的深度。全诗以明月的起落过程为感情发展变化和节奏曲折起伏的自然线索，将深挚的诗情和美妙的旋律融合为一，声情之美，令人叹为观止。

诗忌重韵，词一般也避重韵，即在同一首作品中不用两个以上相同的韵脚。曲却不忌重韵，有时还有意利用重韵来增添声情之美。

元徐再思《折桂令·春情》曲：

平生不会相思，才会相思，便害相思。身似浮云，心如飞絮，气若游丝。空一缕余香在此，盼千金游子何之。证候来时，正是何时？灯半昏时，月半明时。

通首押“支思”韵，首尾又连环重韵，如春蚕吐丝，缠绵无尽。真可谓声情相生，把初恋的情思写得生动逼真。

中国古典诗歌还常常运用双声、叠韵、叠音、象声词等，来增加诗的音律美和取得声情并茂的效果。这种效果的产生，与汉语音节分化繁多和韵调丰富的特点有密切关系。

双声指字的声母相同，叠韵指字的韵母相同。清李重华认为双声叠韵的“妙处”在于：“叠韵如两玉相扣，取其铿锵；双声如贯珠相联，取其宛转。”[1] 这仅仅是就音韵之美而言，双声、叠韵对于诗的意境也有烘托渲染作用。例如杜甫《秋兴八首》之一：“江间波浪兼天涌，塞上风云接地阴。”上句“江”“间”“兼”三字双声，“间”“兼”“天”三字叠韵，又多为舌齿音，读来连绵赓续，形成一种急速流转的节奏，有助于烘托江上后浪推前浪、滔滔滚滚的汹涌气象。又如林逋咏梅名句：“疏影横斜水清浅，暗香浮动月黄昏。”“清浅”“黄昏”各为双声；“清浅”为清利的舌齿音，“黄昏”为重浊的喉音，不同的音色，分别对疏枝映水和淡月朦胧的意境起了很好的烘染作用。

夏承焘师[2] 曾指出，李清照填词好用双声叠韵，而《声声慢》尤见特出：

> 寻寻觅觅，冷冷清清，凄凄惨惨戚戚。乍暖还寒时候，最难将息。三杯两盏淡酒，怎敌他、晚来风急。雁过也，正伤心，却是旧时相识。　　满地黄花堆积，憔悴损，如今有谁堪摘？守着窗儿，独自怎生得黑？梧桐更兼细雨，到黄昏，点点滴滴。这次第，怎一个愁字了得！

夏师谓此词双声叠韵字，多为舌齿声。计用舌声的十五字：“淡”“敌他”“地”“堆”“独”“得”“桐”“到”“点点滴滴”“第”“得”。[3] 用齿声的四十二字：“寻寻”“清清”“凄凄”“惨

[1] 李重华《贞一斋诗说》。《清诗话》下册，上海古籍出版社 1982 年版，第 935 页。
[2] 按：夏先生是我的导师。
[3] 按：“守着窗儿”句，据《贵耳集》卷上、《癸巳类稿》卷十五引作“守定窗儿”，“定”亦为舌声，则计十六字。

惨”“戚戚”“乍”“时”“最”“将息”“三盏”“酒”“怎”“正伤心”“是”“时”“相识”“积”“憔悴损”“谁”“守”“窗”“自”“怎生”“细”“这次”“怎”“愁字”。

夏师说：“全词九十七字，而这两声却多至五十七字，占半数以上；尤其是末了几句：‘梧桐更兼细雨，到黄昏，点点滴滴。这次第，怎一个愁字了得！’二十多字里舌齿两声交加重叠，这应是有意用啮齿叮咛的口吻，写自己忧郁惝恍的心情。不但读来明白如话，听来也有明显的声调美，充分表现乐章的特色。”他又说：“在诗歌里，从《国风》到民间乐府用双声、叠韵的不少。本来作品里用双声、叠韵过多的，若配搭不好，会成为‘吃口令’，所以前人以多用双声、叠韵为戒；而我们读李清照这首词不仅全无吃口令的感觉，她并且借它来增强作品表达感情的效果，这可见她创作的大胆。宋人只惊奇它开头敢用十四个重叠字，还不曾注意到它全首声调的美妙。”[1] 着眼于通首声调和感情表达的关系及效果，分析十分中肯。所指出双声叠韵配搭不好而成“吃口令”者，虽名家有时亦不能免，唐代诗人皮日休与陆龟蒙曾以双声叠韵诗相唱和，都缺乏诗味，读来如“吃口令”。例如皮日休和陆龟蒙的《叠韵山中吟》：

穿烟泉潺湲，触竹犊觳觫。
荒篁香墙匡，熟鹿伏屋曲。

这种诗虽然后人也有仿作，但因为仅着眼于声韵，而缺乏相应的情感流注，所以了无诗味，只能视为一种文字游戏。

[1] 《李清照词的艺术特色》。见《月轮山词论集》，中华书局 1979 年版，第 7 页。

叠音又称重言、叠字，或以摹声，或以状物，或以渲染气氛和增加情韵，也常见于古典诗歌。《诗经》中就很多，如“关关雎鸠”“桃之夭夭”“采采卷耳”“青青子衿，悠悠我心”“昔我往矣，杨柳依依；今我来思，雨雪霏霏”等。《古诗十九首》更是屡用叠字，以显声情之美，如：“青青河畔草，郁郁园中柳。盈盈楼上女，皎皎当窗牖。娥娥红粉妆，纤纤出素手。”“迢迢牵牛星，皎皎河汉女。纤纤擢素手，札札弄机杼。”韩愈《南山》诗中连用叠字至七联之多。李清照《声声慢》词开头的十四个叠字，受到历代词论家的一致赞赏。乔吉的《天净沙》则通首均用叠字组成：“莺莺燕燕春春，花花柳柳真真，事事风风韵韵。娇娇嫩嫩，停停当当人人。”

象声词，又称摹声词，常取叠音的形式，则成为叠音词的一种。如“唧唧复唧唧”，“白杨多悲风，萧萧愁杀人”。这种象声词，模仿客观世界的声音，一般不表示什么意义，但有时能烘托气氛，也带有一定的情感色彩。如张戒《岁寒堂诗话》评“白杨多悲风，萧萧愁杀人”两句说：“‘萧萧’两字，处处可用，然惟坟墓之间，白杨悲风，尤为至切，所以为奇。”象声词也有不取叠音式的，如元无名氏的这首《水仙子·晋王出猎》：

> 打着面皂雕旗招飐忽地转过山坡，见一火（伙）番官唱凯歌，呀来呀来呀来呀来齐声和。虎皮包马上驮，当先里亚子哥哥。番鼓儿劈彪扑捅擂，火不思必留不剌朴，簇捧着个带酒的沙陀。

这首曲写沙陀贵族、晋王李克用和他的儿子李存勖（小名亚子）出猎归来的情景。“呀来呀来”形容歌声；“劈彪（biāo）扑捅”，形容鼓声；“必留不剌（lā）”，形容火不思（一种形似琵琶的乐器）的弹奏声，都是象声词，不但增加了声韵之美，而且显得新鲜活泼，富有生活气息。因而这些象声词的作用就不仅仅摹声而已，也加强了内容表现的效果。

诗家语

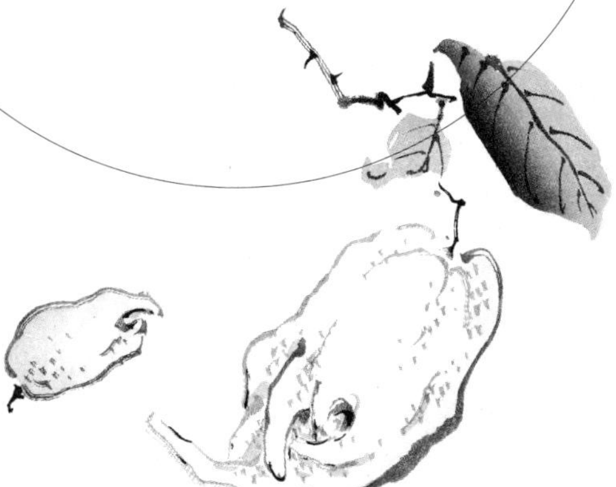

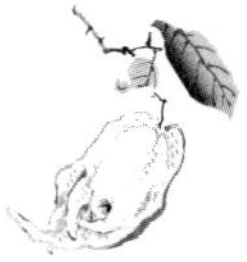

“五四”新文学运动以后，白话取代了文言，书面语和口头语基本上趋于一致。小说、散文成为白话的一统天下，白话新诗也由尝试而逐渐蔚成风气，但实绩不如小说、散文。用文言来写小说或散文已不见于文坛，但旧体诗仍未绝迹。不但鲁迅、郭沫若、郁达夫等新文学家写过不少旧体诗，连毛泽东这位革命家也爱写旧体诗词，而从不用白话新诗体。近年来，各地诗社纷起，旧体诗有某种发展之势，至于爱好者就更普遍了。

这种现象不是偶然的，其中一个原因跟传统诗歌的语言特点有密切关系。

通常把小说、散文和诗歌都归为语言艺术，其实诗的语言与小说、散文的语言有所不同。小说、散文的语言，本质是叙述性的，叙述就必然趋近于日常语言；诗歌语言则本质上是抒情的，抒情即不必像叙述那样明白准确，而可以偏离日常语言，“语不惊人死不休”。

近体诗格律成熟和定型化以后，诗和日常语言的距离拉得更大。单就富有强烈的节奏韵律这一特点而言，也与日常语言显著不同。诗不是平常说话，而是“歌唱的语言”，这一点与戏曲相似。读诗歌，也像听戏曲，有一种预期的心理准备，即不把它当说话，不在乎它与日常语言的距离，而且正是这种距离，产生了某种“陌生化”的美感。

在这里，汉字形声结合的意化特点以及独特的语法体系，给诗歌语言的偏离和超越提供了最大的可能和方便。新诗在语言上接近口语，却未能发挥小说、散文那样的优势，一个重要的原因就在于语言的功能不同。

王蒙曾慨乎言之：“中国旧体诗词是一大文学瑰宝，是汉语汉字的魅力的极致的表演，是中华文化、中华民族的凝聚力的一个不可或缺的组成部分。”这体会出于小说家之口，颇有“旁观者清”的意义。“汉语汉字的魅力的极致的表演”，说出了传统诗歌语言的特点，这一点也正是新诗外在客观条件的限制。

语言的魔法

宋魏庆之《诗人玉屑》卷六有云：

> 王仲至召试馆中，试罢，作一绝，题云：“古木森森白玉堂，长年来此试文章。日斜奏罢长杨赋，闲拂尘埃看画墙。”荊公见之，甚叹爱，为改作“奏赋长杨罢”，且云：“诗家语，如此乃健。”[1]

[1] “古木森森”二句，《宋诗纪事》卷二十四作“翠木阴阴白玉堂，老来方此试文章。”又引《西清诗话》，所记略同。王仲至，即王钦臣。

平常说话，有一套约定俗成的规范，习惯了，就不觉为奇。倘若打破它，换个方式来说，虽然觉着拗逆不顺，不习惯，却感到新鲜，有吸引力。王安石所谓“诗家语”，就是要打破平常熟习的用语，使之挺拔雄健，一新耳目，同时在意蕴的表达上也显得更有力度，更丰富饱满。“日斜奏罢长杨赋”和“日斜奏赋长杨罢”，在表达的事实内容上并没有什么不同，但是在表达的重点、层次和意味上却有微妙的差异。“日斜奏罢长杨赋”，重点在“奏罢”，强调奏赋过程的终结，在表述上分为三个层次：日斜——奏罢——长杨赋。时间、动作、对象，“奏罢”虽然有动作感，却已近结束，对象也不突出。“日斜奏赋长杨罢”，将动补结构“奏罢”变为动宾结构“奏赋”，动作感既强烈，且突出“奏”的对象为“赋”，进而强调这不是一般的赋，而是“长杨”赋。《长杨赋》本是汉代扬雄的名作，这里借指应试的好文章。这样在表述上不但多了一个层次，而且更有递进感：日斜——奏赋——长杨（赋）——罢。“长杨”置于“赋”之后，重点后现，造成语词的“悬念”效果，起了画龙点睛的作用。又以其颠倒“长杨赋”的习惯称谓，语感拗硬，读着有劲，产生一种反常的刚健之美。

这就使我们想到杜甫《秋兴八首》第八首的那一联名句：

香稻啄余鹦鹉粒，碧梧栖老凤凰枝。

这句子也够拗的，照字面看，不太好懂。如果改为“鹦鹉啄余香稻粒，凤凰栖老碧梧枝”，就明白顺畅了。但诗论家认为改了“便不是好句”[1]。

---

[1] 胡仔《苕溪渔隐丛话》前集卷五十九引《漫叟诗话》。

沈括则以为“此盖语反而意宽”[1]。话说颠倒了，意味却更丰富了。为什么会这样？周振甫先生说：“原来杜甫这诗是写回忆长安景物，他要强调京里景物的美好，说那里的香稻不是一般的稻，是鹦鹉啄余的稻；那里的碧梧不是一般的梧桐，是凤凰栖老的梧桐，所以这样造句。就是‘香稻——鹦鹉啄余粒，碧梧——凤凰栖老枝’，采用描写句，把重点放在香稻和碧梧上，是侧重的写法。要是改为‘鹦鹉啄余香稻粒，凤凰栖老碧梧枝’，便成为叙述句，叙述鹦鹉凤凰的动作，重点完全不同了。再说，照原来的描写句，侧重点在香稻碧梧，那末所谓鹦鹉啄余、凤凰栖老都是虚的，只是说明香稻碧梧的不同寻常而已。要是改成叙述句，好像真的有鹦鹉凤凰的啄和栖，反而显得拘泥了。”[2] 分析得很透彻。

如果从形式上看，“香稻啄余鹦鹉粒，碧梧栖老凤凰枝”，主语、谓语、宾语俱全，完全符合语法：所谓“语反”，是就所表达的关系而言的。这两句在表达层次上是把所强调的重点置于句首，然后逐层申说，渐次展示，即表现为一种演绎和归纳顺逆性的双向语义结构：

香稻——（鸟类）啄余的——鹦鹉（啄余的）——（颗）粒碧梧——（鸟类）栖老的——凤凰（栖老的）——枝（条）

显然，这种重点前置而造成的层递关系，产生了逐层渲染的作用，加深了读者的印象。而造句简练，避免了通常语序因过多的修饰词在前的累赘感，显得“语健”而“意宽”。

杜甫作诗讲究惨淡经营，下字造句很见“诗家语”的本色。宋代范晞文曾注意到杜甫对颜色字的用法：

---

[1] 见郭知达《九家集注杜诗》卷三十《秋兴八首》其八“香稻”句下注。

[2] 周振甫《诗词例话》，中国青年出版社 1979 年版，第 296 页。

老杜多欲以颜色字置第一字，却引实字来。如“红入桃花嫩，青归柳叶新”是也。不如此，则语既弱而气亦馁。他如“青惜峰峦过；黄知橘柚来”，“碧知湖外草，红见海东云”，“绿垂风折笋，红绽雨肥梅”，“红浸珊瑚短，青悬薜荔长”，“翠深开断壁，红远结飞楼”，“翠干危栈竹，红腻小湖莲”，“紫收岷岭芋，白种陆池莲”，皆如前体。若“白摧朽骨龙虎死，黑入太阴雷雨垂”，益壮而险矣。[1]

把颜色字放在句子头上，是为了强调色彩感，突出第一印象，也是为了增强修辞效果，避免语气软弱。“绿垂风折笋，红绽雨梅肥”，那绿色下垂的是被风折断的竹笋，那红色饱满的是经雨水滋润而肥大的梅子。这是一种主谓式的判断句，但是省略了系词，前后项指称的是同一事物，然而互易其位就会导致语感和情味的变化。这两句如改成：“风折笋垂绿，雨肥梅绽红。”句子就不挺拔，重点也转移了。诗人并不是记述笋是绿的、梅是红的这一简单的事实，而是强调被风折断的生命的绿色和经雨润肥的成熟的红色给人不同的视觉情味。视觉对色彩最为敏感，先看到“绿”色和“红”色，再注意到“垂”“肥”的形状，然后点出感官对象，也合乎心理逻辑。

“红入桃花嫩，青归柳叶新”，句式与上例不同。它不是主谓式的判断，而是因果性的描述。红色渗入桃花，桃花才如此娇嫩；青色回归杨柳，杨柳才吐出新叶。这种因果性的推断是违反自然真实的，却符合诗歌的情感真实。诗人欣赏这生命的绚烂色彩，强调它们的神奇作用，它们仿佛是自由的精魂，能自动进入桃花和回归杨柳，而使之

[1] 范晞文《对床夜语》卷三。

容光焕发，生意盎然。诗人以此来赞美春天的化机和抒发内心的喜悦，确实显得不同一般。

至于范晞文最赞赏的“白摧朽骨龙虎死，黑入太阴雷雨垂”两句，见于《戏为韦偃双松图歌》。形容韦偃画的两株古松，鳞皮剥蚀，干质外露，苍硬有如龙虎之白骨；枝叶阴森交错，黑沉沉地如雷雨之下垂。笔力挺拔，造句奇峭，“白”“黑”二字，确实显得“壮而险”，与其说写颜色感觉，不如说写精神气象；古松之傲岸雄奇，如在眼前。

“诗家语”独特的语法功能，不仅能有效地强调表述重点，增强语感和扩大意蕴，而且能在字数和音律的制约下，在“硬性”的形式中，表现一种富有“弹性”的内涵。使人在体味其内涵时，也不得不赞叹其回旋操纵形式的魅力。同样的内涵如果用散文来表达，也许会变得平淡无奇。

李商隐的《安定城楼》有一联名句：

永忆江湖归白发，欲回天地入扁舟。

这两句抒写自己的抱负和志趣，说虽然常抱归隐江湖之志，但现在为时尚早，要趁年轻时干一番改天换地的大事业，晚年才泛舟江湖，实现当初的愿望。两句相互映照，相互补充，每句均含两层意思，表述侧重点却不同。对偶精工而语意流转，气魄甚健。王安石十分欣赏，认为“虽老杜无以过也”[1]。

这两句诗，如果每句补上一字，把转折的意思明朗化，即：“永忆江湖，归须白发；欲回天地，始入扁舟。”就失去原有的那种矫健的句

[1] 《蔡宽夫诗话》，《苕溪渔隐丛话》前集卷二十二引。

格和韵味。说得精炼，反而丰富，也为读诗者留下了发挥的余地。冯友兰先生如此体会这两句诗：“他总是想着在年老的时候，退休隐居于江湖之上，到了那时候，他就可以带着整个的世界进入到一只小船之中。”前一句是李商隐的原意，后一句则是冯先生的发挥。但有趣的是冯先生偏偏说：“这是这两句诗本来的意思，并不是我的发挥。李商隐是这样说的，我就这样理解。”他还对下句做了进一步的发挥：“可注意的是，他要带着整个的世界进入一只小船之中。这可能吗？这是可能的。他所说的整个世界就是他的整个的精神境界，其中包括了他对于人类精神生活的了解和体会。这种了解和体会，就是人类精神的反思。李商隐用形象思维把这个意思表达出来。”[1] 冯先生是一位哲学家，他从李商隐这两句诗中看出“人类精神的反思”，这是他独到的眼光所致，也是诗人独特的语言形式引起的一种很有意味的“误解”。这种“误解”在明白如话的散文语言中不会出现，但也正好说明了“诗家语”具有广阔深刻的意蕴诱发力。

在语言艺术中，诗的语言是最富有形式美的，它既是内容的表现，又是它自身；声律的情感意味和形态特征固然十分明显，在词法、句法等方面，诗歌语言对日常语言和散文语言的偏离，也带有鲜明的形式美学意义。

突破词语规范的异常搭配，是诗歌语言常见的“犯规”现象。例如相思之情是无法度量的，李商隐却说：“一寸相思一寸灰”（《无题》），把“一寸”和“相思”异常地搭配起来。吴文英的《霜天晓角》词有云：“香莓幽径滑，萦绕秋曲折。”“秋”而“曲折”，简直不可思

[1] 冯友兰《中国哲学史新编》绪论第五节《理论思维和形象思维》，人民出版社 1982 年版，第 25 页。

议，但它既写出秋林中曲折萦绕的幽径，也暗示幽深而难以尽览的秋色，其含意也是“曲折”的。类似的异常搭配如：

南风吹归心，飞堕酒楼前。

——李白《寄东鲁二稚子》

安得并州快剪刀，剪取吴淞半江水。

——杜甫《戏题王宰画山水图歌》

霓裳一曲千峰上，舞破中原始下来。

——杜牧《过华清宫》

寂寞梧桐深院锁清秋。

——李煜《相见欢》

雨横风狂三月暮，
门掩黄昏，
无计留春住。

——欧阳修《蝶恋花》

知否知否？
应是绿肥红瘦。

——李清照《如梦令》

明日重扶残醉，来寻陌上花钿。

——渝国宝《风入松》

肥水东流无尽期，当初不合种相思。

——姜夔《鹧鸪天》

至如岑参《客舍》的“孤灯燃客梦，寒杵捣乡愁”，苏轼《南乡子·送述古》的“今夜残灯斜照处，荧荧，秋雨晴时泪不晴”，则由物及情，词语的异常搭配，有其内在的情景联系，拈连映照，情词双美。

这种语言的“犯规”，不会给读者带来解读的困难，反而能增加美感。当然引起误解的例外也是有的，借此一端，却也可以见出诗与非诗的眼光分歧。

宋陈尧佐《吴江》：

平波渺渺烟苍苍，菰蒲未熟杨柳黄。
扁舟系岸不忍去，西风斜日鲈鱼乡。

“西风斜日鲈鱼乡”，是用晋代张翰的故事。张翰在洛阳做官，因秋风起，而想念故乡的莼菜羹和鲈鱼脍，就辞官归乡了。这句是说在秋风落照中，经过张翰的故乡，不禁油然而生依恋之感。但是“鲈鱼乡”的“乡”字，有多种版本作“香”，于是引起一场争论。有的说鱼未做成羹，都是腥的，哪里来的香？有的则说，鱼本身虽不香，但做羹时放点佐料，也就“馨香远闻”。有的认为这是指“八九月鲈鱼肥美之时节气味”，如此等等[1]。其实两种版本不妨并存。“西风斜日鲈鱼乡”，贴合眼前情景，出语自然天成。“西风斜日鲈鱼香”，则是特定情景下的一种想象性的示现，虚空传神，也很有情致。用生鱼腥而不香之类的“生活真理”是驳不倒它的，因为这样的论者忘记了一个基本事实：这是诗的语言。苏轼《初到黄州》诗：“长江绕郭知鱼美，好竹连山觉笋香。”又《南园诗》：“春畦雨过罗纨腻，夏垅风来饼饵香。”笋尚在山，麦未成饼，而已觉其香，其理正与鱼未成羹而似闻其香同。

[1] 详见拙著《千首宋人绝句校注》，浙江古籍出版社 1988 年版，第 41–42 页。

惠洪《冷斋夜话》所谓“如《华严经》举果知因，譬如莲花，方其吐花，而果具蕊中”。这类超前性的示现，也是因果关系的一种心理折光，仍有其生活根据。

《冷斋夜话》还提到一种“象外句”：

> 唐僧多佳句，其琢句法比物以意，而不指言一物，谓之象外句。如无可上人诗曰：“听雨寒更尽，开门落叶深。”是落叶比雨声也。又曰：“微阳下乔木，远烧入秋山。”是微阳比远烧也。用事琢句，妙在言其用而不言其名耳。[1]

听了一夜雨声，天明开门一看，并未下雨，而是满地落叶。这是写秋风中萧萧落叶引起的听幻觉。“微阳”二句，写夕阳从远处的林间沉落，余晖返照秋山红叶，就像燃烧的野火。这是写夕阳与秋山红叶相映照而产生的视幻觉。（按：这两句为马戴《落日怅望》颈联，不是僧人无可的诗。）表面看，“听雨”与“落叶”，“微阳”与“远烧”，似乎是两回事，实际上是一回事，而且相互有一种因果关系，或举果知因，或由因见果，但都是“言其用而不言其名”，即虚空传神，诉诸视听幻觉，而不直接点破。所谓“超以象外，得其圜中”[2]，故名“象外句”。

诗歌讲究句式的变化，一般较少用陈述句，因为陈述句接近散文，过于明白、确定；而疑问、推测、比较、假设、祈使、感叹等语句，则比较灵活宛转、不凝固，因而为诗所常用。例如：“夜来风雨声，花

[1] 魏庆之《诗人玉屑》卷三引。
[2] 司空图《二十四诗品・雄浑》。

落知多少？”（疑问）“春风不相识，何事入罗帏？”（疑问）“一行书信千行泪，寒到君边衣到无？”（疑问）“谁言寸草心，报得三春晖？”（反问）“马后桃花马前雪，出关怎得不回头？”（反问）“欲穷千里目，更上一层楼。”（假设）“但使龙城飞将在，不教胡马度阴山。”（假设）“遥怜故园菊，应傍战场开。”（推测）“想得家中夜深坐，还应说着远行人。”（推测）“不恨归来迟，莫向临邛去！”（祈使）“坐中亦有江南客，莫向春风唱鹧鸪。”（祈使）“刘郎已恨蓬山远，更隔蓬山一万重。”（层递）“平芜尽处是春山，行人更在春山外。”（层递）“冠盖满京华，斯人独憔悴。”（对比）“请君试问东流水，别意与之谁短长？”（对比兼疑问）“含笑问檀郎：花强妾貌强？”（对比兼疑问）诸如此类，不胜枚举。值得注意的是，绝句用疑问语气作结的很多，巧妙的问语，可以避免平直浅露，显得悠然不尽，耐人寻味。这也正是绝句的本色。

造语注意感官形象，也是“诗家语”的特色。例如李贺的“塞上燕脂凝夜紫”（《雁门太守行》），不说鲜血，而说“燕脂”；“凝夜紫”，既写战血夜凝，又关合“紫塞”的传说（《古今注》“秦筑长城，土色皆紫，故曰紫塞”）。都是为了突出鲜明的视觉形象。又如“画栏桂树悬秋香”（《金铜仙人辞汉歌》），不说桂花，而云“秋香”。桂花开在秋天，很香，又开于枝头，悬于空中，故云“悬秋香”，视觉嗅觉兼到。温庭筠有一首《菩萨蛮》词，开头两句写美人清晓初醒的情景：

小山重叠金明灭，鬓云欲度香腮雪。

“小山”是放在枕旁的一种小巧的屏风。“金明灭”，形容阳光闪烁。“鬓云欲度香腮雪”，是写美人被照射在枕屏上的阳光惊醒后，在枕上一转头，那一头乌黑而松软的头发就流动起来，好像要掠过雪白的香腮。色彩很鲜艳，感性效果很强烈，很美。叶嘉莹先生指出，值得注意的是，作者不说“云鬓”，而说“鬓云”；不说“雪香腮”，而说“香腮雪”，颠倒了一下语序，正是为了强调感性的形象。因为“乌云一样的鬓发”，还是比较理性的普通的说法；而“头发的乌云”，这头发就变成乌云了，感觉得到夸张和强化，就更形象化了[1]。“香腮雪”也是如此。“香腮”不仅如叶先生指出“她的腮上有脂粉，是香的”，似乎更是一种微妙的感觉，是由“雪”也似的脸颊所产生的一种感觉的衍生和联想，因而腮上有没有脂粉似乎并不重要。

诗的语言仿佛有一种神奇的魔力，同样几个字，反复组合，可以生发出不同的意味。请看：“年年岁岁花相似，岁岁年年人不同。”（刘希夷《代悲白头翁》）以“年年岁岁”和“岁岁年年”互文相映，引出“花相似”和“人不同”的对比，回环往复，一唱三叹，抒发出一种深沉的人生感慨。李白《把酒问月》中的“今人不见古时月，今月曾经照古人”，也有同样之妙。明月亘古如斯，而人生见月有限，诗情与哲理并茂，读来回肠荡气。

中国古典诗歌中还有一种回文诗，可以顺着读，也可以倒着读，甚至还可以反复回旋，变出很多的诗来。这真是一种语言的魔术，奇异的循环。相传这种诗体始于晋代，但现存最早的作品是十六国前秦女诗人苏惠的《回文璇玑图》。据《晋书·列女传》载，这位女诗人的丈夫窦滔因罪被放逐，她就织锦为《回文璇玑图》，寄给丈夫，以表达自己的情思。唐武则天《苏氏织锦回文记》说它“五彩相宣，莹心耀目，纵横八寸，题诗二百余首，计八百余言，纵横反复，皆成文章”。元初僧人起宗寻绎解读的结果，得诗3752首，明代康万民增读其诗

[1] 见叶嘉莹《唐宋词十七讲》，岳麓书社1989年版，第23页。

至 4206 首。这些诗虽然未必都有诗味，却不能不说是一个奇迹。

历代做回文诗的颇不乏人，也不乏佳作，但一般指顺逆皆可诵读，而不同于《璇玑图》那样回旋多变了。下面这首宋无名氏的七绝，顺读倒读都颇有情韵：

红窗小泣低声怨，永夕春寒斗帐空。
中酒落花飞絮乱，晓莺啼破梦匆匆。[1]

词曲也有回文体。如明王世贞的《重叠金》词：

断风依约愁砧乱，乱砧愁约依风断。无语对灯孤，孤灯对语无。　冷香留去影，影去留香冷。思后梦来期，期来梦后思。

相续两句，用字相同，但一顺一逆，排列次序恰好相反。看似同语反复，而意味并不相同。

又如明代杨慎夫人黄峨的《卷帘雁儿落》曲：

难离别情万千，眠孤枕愁人伴。闲庭小院深，关河传信远。鱼和雁天南，看明月，中肠断。

倒读时断句有了变化：

[1] 胡仔《苕溪渔隐丛话》前集卷六十引《漫叟诗话》。原五首，此引其一。

断肠中月明看，南天雁和鱼远。信传河关深，院小闲庭伴。人愁枕孤眠，千万情别离难。

这首曲顺读倒读断句不同，组合关系从句内延伸到句际，写作的难度也更大。

这种回文体，其性质介乎诗歌与文字游戏之间。这类游戏性的诗歌变体，大概只有汉语才能产生，而且也只有充分掌握汉语的特点和规律，才能从容自如地玩这种“游戏”。汉字一字一音，又是一个意义单位，组合较灵活，语法也富有弹性，可以省略某些句子成分，词法、句法和语义信息的大部分不是显露在词汇形态上，而是隐藏于词语排列的线性流程中。比如黄峨这首曲中，“离别”“断肠”等复词，也可倒作“别离”“肠断”，而意义不变；其他如“闲庭”“小院”“关河”“传信”“天南”“月明”等词组，颠倒组合，均能成义。而富有弹性的词语排列流程，则提供了逆向流动的可能。回文诗体就是适应汉语这种特点而产生的。它通过“游戏性”的独特角度，把诗歌语言高度灵活机巧的民族特点不无夸张地突现出来了。

奇正相生，工拙参半

诗的语言是情感外现的符号，它有一种突破语言一般化的强烈倾向，而渴求心灵的丰富表现。它在表现方式上的某种“反常”性，正是为了强化心灵的感召力，使人惊奇、感动，倍觉新鲜有味。这一点不仅表现在词法、句法等明显的“犯规”上，还表现在内在情感因格外深挚、强烈而导致某种超常性的“变态”上。诗中常常有一些痴话、反话、大话，但读者不但能理解，而且深受感动。

“春花秋月何时了？”（李煜《虞美人》）“夕阳西下几时回？”（晏殊《浣溪沙》）这类问语，从生活常识来说，是一种“痴话”或“废话”，问得毫无意义。但作者本不想寻求答案，他不过借此以抒写一种不能自解的痛苦和困惑而已。“痴语”中含有深情，唯其语之“痴”，而愈显其情之深。

正言若反，笑中含泪，有其不得不然的生活根据和表现逻辑，读来也更富感染力。例如苏轼的《洗儿戏作》：

人皆养子望聪明，我被聪明误一生。
但愿孩儿愚且鲁，无灾无难到公卿！

宋人范温提出诗有“形似之语”和“激昂之语”[1]。所谓“形似之语”，“如镜取形，灯取影”，就是写实之语。他说杜甫《古柏行》写夔州诸葛亮祠庙中那株古柏“柯如青铜根如石”，十分确切，“亲到其处，愈知其工”。所谓“激昂之语”，就是夸张，“初不可以形迹考，然如此乃见一时之意”。他仍以《古柏行》为例，说“霜皮溜雨四十围，黛色参天二千尺”，“云来气接巫峡长，月出寒通雪山白”，就是“激昂之语”，“不如此，则不见柏之大也”。的确如此。但就夸张而言，“霜皮”两句仍不免落实相，“四十围”“二千尺”两个数字，似虚似实，所以引来后人的一些误解。例如宋代科学家沈括就提出疑问，说四十围是径七尺，以七尺之径配二千尺之高，这古柏未免太细长了[2]。后来黄朝英又为杜甫辩护，说杜甫是用古制计算，古制以围三径一，

[1] 《潜溪诗眼》。郭绍虞辑《宋诗话辑佚》卷上，中华书局1980年版，第322页。下引同。
[2] 见沈括《梦溪笔谈》卷二十三。

四十围即一百二十尺，也即径四十尺，以四十尺之径，配二千尺之高，十分合适："岂得以细长讥之乎？"他并认为："老杜号称诗史，何肯妄为云云也。"[1] 仿佛杜甫诗中的每一个数字都像历史事实那样准确无误，这是把"激昂之语"误认为"形似之语"了。这两句"激昂之语"之所以引人误解，正在于"激昂"的程度还不够，似是而非，超越具体数字的情感动力不足，因而想象性的情绪导向就相对模糊了。李白说"白发三千丈"(《秋浦歌》)，没有人会想到用尺子去量一量，因为"激昂"得很充分。

诗重比兴，比喻是诗歌语言之花，从根本上说，兴也是比喻的一种，不过较为隐微婉转而已。诗的比喻不是以比况来讲解事物，让人了解，而是情感渴求具象化以呈现自身，因而具有鲜明的形象性和强烈的感情色彩，使人受到感染，恍如置身于特定的情景之中。

诗的比喻不仅要贴切，更要美。谢安与子侄辈赏雪，问："白雪纷纷何所似？"侄儿谢朗说："撒盐空中差可拟。"侄女谢道蕴说："未若柳絮因风起。"谢安十分赞赏。[2] 后一个比喻之所以胜过前一个，不但在雪花的质地、姿态等方面更为贴切，而且显得更有风致，更美。比喻表达的正是诗人特有的感觉方式和情感体验。诗人的慧眼发现了异质事物之间的相似点，赋予审美感受的同一性，给以情感化的强调，化为诗的形象血肉。

诗的比喻往往不如散文"老实"，而显得新奇独特，常常结合多种修辞手段，能多层面地触发联想，丰富意蕴。"裙拖六幅湘江水，鬓耸巫山一段云"(《李群玉《同郑相并歌妓小饮戏赠》)，描写一位长裙高

[1] 胡仔《苕溪渔隐丛话》前集卷八引《缃素杂记》，今本《缃素杂记》无此条。
[2] 见刘义庆《世说新语·言语》。

髻的歌妓。“湘江水”比喻罗裙的碧绿之色，又具有流动飘曳之美，还使人联想到美丽的湘水女神：“巫山一段云”，比喻发鬟之高，式样时髦，仪态万方，同时又使人联想到巫山神女。“六幅湘江水”和“巫山一段云”又形成“蹉对”，于整齐中见参差，更增加了比喻的错综流动之美。

诗的比喻，喻体和主体还可以倒置。如“自在飞花轻似梦，无边丝雨细如愁”（秦观《浣溪沙》），设喻非常新奇。沈祖棻说：“它的奇，可以分两层说。第一，‘飞花’和‘梦’，‘丝雨’和‘愁’，本来不相类似，无从类比。但词人却发现了它们之间有‘轻’和‘细’这两个共同点，就将四样原来毫不相干的东西联成两组，构成了既恰当又新奇的比喻。第二，一般的比喻，都是以具体的事物去形容抽象的事物，或者说，以容易捉摸的事物去比譬难以捉摸的事物。但词人在这里却反其道而行之。他不说梦似飞花，愁如丝雨，而说飞花似梦，丝雨如愁，也同样很新奇。”[1] 这里提出两点：一是能从极不相似处发现相似点，出人意外，却又在情理之中；二是能避故就新，避熟求生，颠之倒之，而意趣愈出。这两点正是诗歌比喻的要义。

诗也有平易语，淡淡道来，却极有情韵。这种语句不是从锤炼得来，而出于感情的自然流露，是可遇而不可强求的。

宋叶梦得《石林诗话》卷中云：

> “池塘生春草，园柳变鸣禽。”世多不解此语为工，盖欲以奇求之耳。此语之工，正在无所用意，猝然与景相遇，借以成章，不假绳削，故非常情所能到。

---

[1] 沈祖棻《宋词赏析》，上海古籍出版社 1980 年版，第 81 页。

清梁绍壬《两般秋雨庵随笔》卷三“池塘生春草”条云：

> 谢康乐“池塘生春草，园柳变鸣禽”之句，自谓语有神助。李元膺则曰：“余反复观此句，未见有过人处，而誉之盛者，则又以为妙处不可言传：其实皆门外语也。”案《陶蒋集》云：“此句之根，在四句以前，其云‘卧疴对空林’‘衾枕昧节候’，乃其根也。‘褰开暂窥临’下，历言所见之景，至‘池塘生春草’，知卧病前所未见者，而时节流换可知矣。”此评自是确论。

“池塘生春草，园柳变鸣禽”，是谢灵运《登池上楼》诗中的名句。李元膺反复欣赏，不见好处，反讥赞赏者说门外话，其实他正如叶梦得所指出的犯了“欲以奇求之”的毛病。这种诗的好处，不在炼字琢句之新奇，而在情感流露之自然和真实。《陶蒋集》的作者（疑为明黄淳耀）看出这是写作者因卧病不知季节变化，偶然登临观景，发现池塘边的青草已悄然而生，柳树上鸟儿的鸣声也变得欢快了，以久病之身，猝然与景相遇，感到春的气息扑面而来，心中的喜悦自然是不可言喻的。“啊，那池边的春草！那树上的鸣禽！”诗人从心底发出对春天惊喜的呼唤，他感到病体也将与万物一同复苏。这样的诗句是从心灵深处流出来的，而不是作出来的。情景相感召，如风行水上，自然成文。汤惠休评谢灵运的诗如“芙蓉出水”，正是指这类诗。但这样的诗，在谢灵运全部作品中也屈指可数。

这种诗句虽然平易，却充满情感，它不是平实地叙述，而是不着痕迹地抒情，因而仍是“诗家语”，而且是更难得的一种“诗家语”。它不能“以奇求之”，也不能就句论句，而必须从全篇的抒情氛围中来追索、体味，它是一种浑然天成的美，不可字斟句酌的美。唐人崔颢这首《长干曲》，从整体的角度看，也许更为典型：

君家何处住？妾住在横塘。
停舟暂相问，或恐是同乡。

一个女子，在行船时，忽然听到邻船一个男子的声音，连忙讯问对方："你住哪儿？听口音，咱们该是同乡吧？"这是江上邂逅的一个人生小景，情节极单纯，语言极平易，寄寓的情感却颇为复杂而丰富。这位女子一听到乡音而急于停船相问，可见她已过了多年水上漂泊的孤寂生涯，心情十分凄苦，所以一旦听到乡音，就喜出望外，不顾什么男女禁忌，就急切地自报家门，欲认同乡了。寥寥数语，心理状态刻画得逼真。同时《长干曲》这个乐府古题，多写江南水上生活和男女情爱，也有一定的主题暗示作用。女子急于认同乡，不过是攀谈的第一步，正是在这一瞬间，一缕情丝已穿过孤寂的心扉而潜滋暗长了。这一点虽未明写，却可以从字里行间感受到。钟惺《唐诗归》评："急口遥问，一字不添，只叙相问意，其情自见。"王夫之《姜斋诗话》评："墨气所射，四表无穷，无字处皆其意也。"这首小诗不以字句见工，而以情感的扩张力和渗透力取胜。所以吴乔《围炉诗话》说："绝无深意，而神采郁然。后人学之，即为儿童语矣。"

诗的语言是新奇的，却也崇尚天籁式的平易自然；诗的语言是工巧的，却也不妨"大巧似拙"。诗的语言在巧与拙、新奇与平易之间保持着一种奇妙的平衡。

宋人范温曾提出"诗贵工拙相半"的观点，他说："老杜诗，凡一篇皆工拙相半，古人文章类如此。皆拙固无取，使其皆工，则峭急而无古气，如李贺之流是也。”[1] 所谓“古气”，大概是指一种浑朴清刚之气。批评李贺的诗过于追求工巧，有一定道理。他还举杜甫的《望岳》为例，开头“岱宗夫何如？齐鲁青未了”两句，正是一拙一工，如果没有第二句，则第一句“虽曰乱道可也”。工与拙是相形相济、相反相成的，这也是诗歌造语的辩证法。

多义种种

德国美学家伊塞尔把各种著作分为一般性著作和文学著作两大类。一般性著作包括学术论著、新闻报道和各种应用文等，这类著作的语言，都是为说明事实或阐明道理的“解释性语言”；文学著作为了创造可感的艺术形象，则使用“描写性语言”。它不像“解释性语言”那样准确，其意义往往不固定。这种意义的不确定性，既给读者的接受带来某种麻烦，又能激发和调动读者的知识经验和想象力，积极参与作品本文的再创造。

这种情况在诗歌中表现得尤为突出。所谓“诗无达诂”，就是指意义的不确定性。意义的不确定，也就是多义。诗歌语汇的多义性，既拓宽了诗的意蕴，也为读者提供了多元阐释的可能，这正是形成诗的魅力的重要原因。

诗的多义，有多种情况，现分说如次：

（一）词语层面的多义

汉语的一词多义是普遍现象，通常情况下，可以在上下文即语境中确定该词的意义。但有时也颇不容易确定，特别是某些词具有正反

[1] 《潜溪诗眼》，《苕溪渔隐丛话》前集卷九引。

两种意义，就需要细心辨别和体会。例如“稍”字，通常作“稍微”解，是一个副词，表示数量不多或程度不深。但在古诗词中，“稍”有时却作“很”解。江淹《恨赋》：“紫台稍远，关山无极。”吕延济注：“稍远，极穷也。”“极穷”，也就是“很远”。裴说《冬日作》诗：“稍寒人却健，太饱事多慵。树老生烟薄，墙阴积雪重。”张相《诗词曲语辞汇释》说：“稍寒，即严寒也。亦甚辞。玩‘积雪’句更可证其为严寒。”又如“仅”字，通常是“只”的意思，是一个限制性的副词，表示小、少，但有时则表示“大约”“差不多”，范围可大可小。如白居易《初出蓝田路作》：“浔阳仅四千，始行七十里。人烦马蹄跙，劳苦已如此。”“仅四千”，是说差不多有四千里，言路远。下面说刚走了七十里，就人烦马困，惮于道路之意可见。

诸如此类，从上下文中细心体会，还不难确定其词义。有的则不那么简单。例如“一晌”（亦作“一向”）是一个表示时间的词，张相《诗词曲语辞汇释》说它有正反两种解释：“有指多时者，有指暂时者。”李煜《浪淘沙》词：“梦里不知身是客，一晌贪欢。”这“一晌”显然是指短暂。冯延巳《鹊踏枝》词：“楼上春山寒四面，过尽征鸿，暮景烟深浅。一晌凭栏人不见，鲛绡掩泪思量遍。”张相认为这个“一晌”也是“霎时”即短暂之意[1]。然而叶嘉莹却认为这个“一晌”是“长久的意思”。她认为前半首写“昨夜笙歌容易散”，昨夜刚刚过去，现在已是“楼上春山寒四面”，是清晨了，而“过尽征鸿”四个字，表示从早晨到黄昏，已是“暮景烟深浅”的时候。主人公长久地倚在栏杆上，期待盼望的那个人却没有出现，但他仍不放弃，仍要等待下去，“鲛绡掩泪思量遍”，尽管伤心流泪，仍然思念不

[1] 张相《诗词曲语辞汇释》卷三。

置。这种执着的情感，正是冯延巳词的一个特点。[1] 叶嘉莹先生从全词的语境、意脉并联系冯词的情感特点来解释“一晌”的语义，是有说服力的。但这并不排斥把“一晌”作“霎时”解的另一种合理性。因为从“楼上春山寒四面”起的下半首，都可以看作写黄昏暮景中的感受，“寒四面”不一定是晓寒，也可以是“暮寒”。“一晌凭栏人不见”，写苍然暮色自远而至，所思既不可见，而倚栏亦无所见矣，在心理上感到时间过得如此之快，如此之短暂。这样来理解似乎也未尝不可。

另一个有名的例子是屈原的《离骚》：

朝饮木兰之坠露兮，夕餐秋菊之落英。

“落英”一词，历来聚讼纷纭，直到现在似乎还没有定论。“落”字通常可作“零落”“坠落”解，则“落英”指坠落的菊花瓣儿。但据说秋菊是不会坠落的。王安石作菊花诗，有云：“黄昏风雨瞑园林，残菊飘零满地金。”欧阳修作诗笑话他：“秋英不比春花落，为报诗人仔细看。”王安石又反过来讥笑欧阳修“不学之过”，说难道连（《楚辞》）中“夕餐秋菊之落英”都不知道？[2] 这个问题，一直争持不下。后来有人根据“落”字的另一义，提出新解。如宋吴曾《能改斋漫录》卷三“秋菊落英”条云：“以予观之，‘夕餐秋菊之落英’，非零落之落。落者，始也。故筑室始成谓之落成。《尔雅》曰：‘俶、落、权、舆，始也。’”因而“落英”就不是落花，而成为初生之花了。修订本

[1] 叶嘉莹《唐宋词十七讲》，岳麓书社 1989 年版，第 122 页。

[2] 《西清诗话》《高斋诗话》均记此事，而讥笑王安石者，一作欧阳修，一作苏轼。见《苕溪渔隐丛话》前集卷三十四引。

《辞源》就将“落英”解为“初生之花”。吴小如先生却又另出一解，他认为“落”有“遗”“留”或“剩”“余”之义。如隋薛道衡《人日思归》诗：“人归落雁后”，就是说人归留在雁归的后面了，即雁比人先归。现代汉语中“落后”一词，即由此而来。又普通话中“丢三落四”一语，“落”字读“拉”的去声，也是“遗”“留”的意思。书画家“落款”，实即“留款”。因而“落英”，也可以解为“残余的英”。以“坠露”与“余英”或“遗英”为对文，意义上说得过去，而且把菊花不落地而称为“落花”的问题也解决了。[1]

像这一类都属于词语层面的多义。它由一词多义而引起歧解，虽有义长义短之分，却难以遽定其是非。这种多义性一般属于训诂学的范围，但对鉴赏力也是一种考验。

属于词语层面的另一种多义是双关。这是因词语的多义、同音或典故相关而产生的双层或多层意义。每层意义都是相关的，而无排他性，读者只有同时领略这几层含义，才能得其底蕴。

同音双关，又名谐音双关，南朝乐府民歌中较常见。如《读曲歌》：“奈何许！石阙生口中，衔碑不得语。”“石阙”就是“碑”，而“碑”又双关“悲”，这是异字谐音双关。又如《子夜歌》：“见娘喜容媚，愿得结金兰。空织无经纬，求匹理自难。”末句“匹”字双关“布匹”和“匹偶”两层意义，这是同音同字双关。《红楼梦》第五回的“空对着山中高士晶莹雪，终不忘世外仙姝寂寞林”，从明代高启咏梅花的名句“雪满山中高士卧，月明林下美人来”化出，却以“雪”谐音双关薛宝钗，“林”字则音形双关，指林黛玉。

这类双关比较简单。典故义的双关，则比较隐晦。如贺知章

[1] 吴小如《读书丛札》，北京大学出版社 1987 年版，第 297 页。

《咏柳》：

碧玉妆成一树高，万条垂下绿丝绦。
不知细叶谁裁出，二月春风似剪刀。

以“碧玉”形容亭亭玉立的翠柳，这意思容易明白。但“碧玉”还有一层意思，南朝宋汝南王有一位美妾名叫碧玉，汝南王为她作《碧玉歌》，有“碧玉小家女”之句[1]，后世即以“小家碧玉”称出身于小户人家的美貌少女。古人常以杨柳喻美人，这里也隐然以打扮得楚楚动人的美女来比喻袅娜多姿的杨柳。这是典故相关意义，就比较隐晦了。

又如秦观《鹊桥仙》词，写牛郎织女七夕相会故事：

纤云弄巧，飞星传恨，银汉迢迢暗渡。金风玉露一相逢，便胜却人间无数。　　柔情似水，佳期如梦，忍顾鹊桥归路。两情若是久长时，又岂在朝朝暮暮。

这首词结尾两句以其命意新奇而传诵千古。“朝朝暮暮”有两个意思：一是朝夕相处，天天厮守在一起；二是朝夕之间，言其短暂。相应地“两情若是久长时”这两句也有这样两层双关的意义：其一是说只要两情长久，就不在于朝夕相处。其二是说牛郎织女虽然一年一度相会，毕竟地久天长，是永恒的；人间夫妻即使白头偕老，也不过百年如顷刻，相对来说是极其短暂的。这两层意思都可以与上片的“金

[1] 见郭茂倩《乐府诗集》卷四十五《清商曲辞·碧玉歌》。

风玉露一相逢，便胜却人间无数”相绾合，是对牛郎织女坚贞爱情的赞美。俞平伯先生指出“朝朝暮暮”又是“用《高唐赋》字面”[1]。宋玉《高唐赋》中巫山神女自称：“旦为朝云，暮为行雨。朝朝暮暮，阳台之下。”后世即用作男女欢会的典故。“朝朝暮暮”无疑也有这种暗示作用。这里似乎是说坚贞永久的爱情，并不在乎肉体的欢娱，赞美一种崇高的精神之爱。这第三层意思就是从典故相关而生发出来的。三层意思，基本意向相同，使得诗的意蕴更丰满，更耐人寻味。读者如果看不出其中的某一层意思，在总体意向的把握上虽然不致发生偏差，却终究失落了一些意味。

（二）语法层面的多义

这类多义现象是由于语法成分和结构关系不确定而产生的。它一般不能兼容，具有排他性。例如杜甫《羌村三首》之二的开头四句：

晚岁迫偷生，还家少欢趣。
娇儿不离膝，畏我复却去。

“畏我复却去”这一句历来有两种解释，迄今仍无定谳。主要分歧在于“复却去”的主语是谁？一说以为是“娇儿”。如明人王嗣奭《杜臆》云：“娇儿却去，正为少欢趣，不暇拊摩致之。”清人仇兆鳌《杜诗详注》云：“不离膝，乍见而喜；复却去，久视而畏。此写幼子情状最肖。”另一说以为“复却去”的主语是“我”，即诗人自己。如金圣叹《杜诗解》云：“娇儿心孔千灵，眼光百利，早见此归不是本意，于是绕膝慰留，畏爷复去。”这两种解释，各有不少支持者，各有它的

[1] 俞平伯《唐宋词选释》，人民文学出版社 1979 年版，第 117 页。

道理。从句法分析的角度来说，前者把句子看作“连动式”，即“畏我”和“复却去”是同一主语“娇儿”的连续行为。后者则把句子看作“兼语式”，即“我”既是“畏”的宾语，又兼作“复却去”的主语。这两种分析对于本句都可以成立，正是这种语法成分和结构关系的不确定，造成了可此可彼的多义现象。

杜甫另一首咏怀诸葛亮的《八阵图》诗，也有这种现象：

功盖三分国，名成八阵图。
江流石不转，遗恨失吞吴。

历来注家对于“遗恨失吞吴”一句聚讼纷纭，仇兆鳌《杜诗详注》归纳为四说：“以不能灭吴为恨，此旧说也。以先主之征吴为恨，此东坡说也。不能制主上东行，而自以为恨，此《杜臆》、朱（鹤龄）注说也。以不能用阵法，而致吞吴失帅，此刘氏（刘逴）之说也。”实际上不出两意：一是恨未吞吴；一是恨失策吞吴。关键在于对“失吞吴”的理解。前者理解为丧失了吞吴这一战的胜利，即未能吞吴。从语法上分析，“吞吴”为“失”的宾语。后者则理解为以“吞吴”为失策、过错。“失”是意动用法，动词名词化了。两者的语法意义和结构关系都不同，而词义也起了变化。从语法的层面上，两说并无是非优劣可分，对于这种多义的选择，不可能从语句本身和语境中获得解决，而必须依赖外部的参照系。例如前者“以为先主、武侯，欲与关公报仇，故恨不能灭吴”[1]。后者则认为：“吴、蜀唇齿，不应相仇。‘失吞吴’，失策于吞吴，非谓恨未曾吞吴也。隆中初见时，已云‘东连孙权，北

[1]《东坡志林》转述“世人”的一般看法。仇兆鳌《杜诗详注》卷十五引。

拒曹操'矣。"[1] 从历史事实和诸葛亮的战略方针来看，则后说近于情理，于义为长。

辛弃疾有一首写农村生活景象的《清平乐》词，上片云：

> 茅檐低小，溪上青青草。醉里吴音相媚好，白发谁家翁媪？

许多选本和赏析都把"醉里"二句，解为一对白发的老年夫妻亲亲热热地在一起喝酒聊天，那软媚的吴音带着几分醉意，显得格外温柔动听。这是把"醉里"的主语看作"翁媪"。吾师夏承焘则认为"醉里"的主语是作者自己。诗人带着醉意漫步乡间，忽然身边传来极其软媚的吴音对语，他开始还当是青年恋人在悄悄地说情话，想不到竟是一对白发的老头子和老太婆！这就产生了一种出乎意外的喜剧性效果，既真切地写出醉意朦胧中的恍惚感觉，又略带调侃地写出了心情的愉快。这样来解释似乎意味更为深长。这种解释也是一种选择和发现，作品存在着不止一种阐释的可能，读者选择了其中一种，投入了自己的感受和审美情趣，把潜在的意义实现了或丰富了。这种从语法层次的多义上升到审美层次的多向选择，不属于是非判断，而是审美判断，因而可以共存。

然而有一种语法层次的多义，却出于习焉不察的误解，因而某种惬情入理的解释，看似审美选择，却具有是非判断的意义。

白居易有一首脍炙人口的小诗《问刘十九》：

---

[1] 沈德潜《唐诗别裁》卷十九。

绿蚁新醅酒，红泥小火炉。
晚来天欲雪，能饮一杯无？

第二句“红泥小火炉”，通常以为很好懂，就是红泥的小火炉嘛。“小”是“火炉”的修饰语。但是吴小如先生认为这样理解不够准确：

这不仅由于“小的火炉”和“新醅的酒”在对仗上不够工稳，更主要的是破坏了原诗优美的意境。原来这句诗里的“炉”，是专供暖酒用的酒炉，诗人已明白告诉我们是用“红泥”做的，其体积比煤球炉之类还要小得多。而暖酒自然要用“小火”，如果用猛火、大火，岂不把酒都蒸发了！

因此第二句应该读为“小火的炉”才对。小火，即微火、文火，这同“新醅的酒”才对仗得工稳巧妙。[1]

此外，吴先生还提醒“火炉”这个词只是现代汉语才常用，古人是不大说的。“小火”一词在古诗中倒颇为习见。如元稹《痁卧闻幕中诸公征乐会饮因有戏呈三十韵》：“深炉小火埋。”李煜《病起题山舍壁》：“炉开小火深回暖。”都把“炉”和“小火”分开。舒位《京口夜泊听雪》：“红泥小火老瓦盆。”郑珍《祀灶日作》之三：“红泥小火鲍姑贫。”皆用白氏诗意。[2]

看来这句诗是读成“红泥——小火炉”，还是“红泥——小火——炉”，在意义上的不同已很明显，而选择的优势也显然是在吴先生一

[1] 吴小如《读书丛札》，北京大学出版社 1987 年版，第 218 页。
[2] 同上。

边，因为他从对偶、意境、器物、词语的历史用法等几个方面排除了另一种解释的合理性。

（三）句际关系而产生的多义

一个句子是一个完整的意义单位，两个或两个以上句子的组接所产生的意义，不等于每个句子意义的相加，它使组接中单句的意义明确化，并彼此相关，形成一个有机的意义链。例如温庭筠《菩萨蛮》词有一句“雨后却斜阳”，是一个写景句，景物很鲜明，情感意义却不太明确，后面接上一句“杏花零落香”，就产生了一种暮春凄艳的情调。同是“雨后却（复）斜阳”，毛泽东接上一句“关山阵阵苍”（《菩萨蛮·大柏地》），就产生了一种苍茫壮丽的意味。由于不同的组接，使单句的意义发生了变化。又如：“一片一片又一片，两片三片四五片，六片七片八九片。”你看到这样三个句子，只感到数量的递增，却不知道说的是什么，看到第四句：“飞入池中皆不见。”才明白是写雪花。有了最后这一句，前面三句的意义才得以确定。这是句际关系的作用。

这种情况有点类似电影的“蒙太奇”。据说有一位电影艺术家把一张没有任何表情的脸部特写，分别同一盆食物、一口棺材和一个小女孩并列组接在一起，结果产生了完全不同的画面意义：在食物前是凝思冥想，在棺材前是沉痛哀伤，在小女孩前是慈祥亲切。这也说明单镜头的电影语汇，在不同的组接中会发生变化，产生新义。

诗歌的句子组接关系不像散文那样严密，虽然有的句际承接转递关系明确，逻辑性强，如唐人金昌绪的《春怨》：“打起黄莺儿，莫教枝上啼。啼时惊妾梦，不得到辽西。”一气蝉联，环环相扣，句际的因果关系很清楚，不能增减，更不可移易。像这样的诗毕竟是少数。就多数诗来说，句际之间的组接关系较为松散，跳跃性很大，它遵循的是抒情的逻辑，而不是叙事的逻辑。它可以打破通常的逻辑顺序，前后倒置，时空错综，“思接千载”，“视通万里”；它捕捉变幻的意象，追踪情感的轨迹，“万象纷呈”“浮想联翩”，从这一端飞跃到另一端，中间可以脱略许多过渡的环节，留下不少空白点，这样就使得句际相关的意义变得模糊而不确定，产生了多义性。

例如李商隐的《无题》：

相见时难别亦难，东风无力百花残。
春蚕到死丝方尽，蜡炬成灰泪始干。
晓镜但愁云鬓改，夜吟应觉月光寒。
蓬山此去无多路，青鸟殷勤为探看。

这是一首写离别相思之情的著名诗篇。开头一句说相见固然不易，离别更觉难堪。对古语“别易会难”变化运用，命意翻进一层。一句中两个“难”字，而义有主从，重点在于强调“别难”。首唱即以感喟语气出之，感情绵邈深沉。按理，接着应该就“别难”这一面加以生发，却偏偏接了一句“东风无力百花残”，似乎没头没脑，跟上句脱线了。明人冯舒对这种跳跃式的突接大加赞叹：“第二句毕世接不出！”[1] 但他没有说明妙在何处。有一些论者把这首诗看作李商隐向令狐绹陈情寄意、求其援手之词，因而认为第二句是以“东风比绹，百花自比，上不引下也”（吴乔）。这种解释牵强附会，可以不去管它。《唐诗鼓吹评注》云：“此言别之难因相见之难，而风软花残，则有如

[1] 刘学锴、余恕诚《李商隐诗歌集解》，中华书局 1988 年版，第 1462–1465 页。下引诸家评语均见此，不另注。

天若有情天亦瘦也。”赵臣瑷云：“接句尤奇。若曰当斯时也，风亦为我兴尽，不敢复颠；花亦为我神伤，不敢复艳；情之所钟至于如此！”姚培谦云：“东风’句，极摹消魂之意。”屈复云：“离恨正当春暮，安能漠然？”冯浩云：“次言己之愁思，毕生以之，终不忍绝。”黄侃云：“此言无计相怜，任其憔悴。”

归纳诸家之说，可分四解：（1）描写离别时黯然销魂的情景，连东风、百花也为之伤心变态。（2）点出离别正当暮春时节，所以格外触景伤情。（3）暮春无力之东风犹与残花相依恋，比喻相思的愁苦终生不绝。（4）以东风无力和百花凋残，比喻彼此无法相爱，因而不复自我珍惜，听任为相思而憔悴。（3、4说都是指用情专一，但角度不同。）

以上这些解释，很难说哪一种正确，哪一种错误，即使能起作者于九泉而问之，作者的解释也不足为定论。因为作品一旦产生，已成为客观的艺术形象，具有独立的价值，作者的主观意图和作品的客观意义不一定相符合，后者往往大于前者。作者本人的解释也许可以帮助读者认识作品的意义，却无权代替读者来作结论。在对作品的阐释方面，作者本人和读者是平等的，作者的解释也只能算一家之言。“东风无力百花残”，作者写这一句时，未必很明确地要赋予它某种意义，他只是抒写一种感受，捕捉一种意象，其寓意在有无隐显之间。当你发出一声感叹的时候，你未必意识到这感叹的“意义”吧？“意义”虽然存乎其中，却并不自觉，而是经过反思和分析才明确起来的。有些“意义”甚至还难以分析，它是一种微妙的心境或感受，难以用逻辑的理性去把握，诗人只是把当时这种微妙的心境或感受感性地呈现出来。事过境迁以后，甚至他本人也很难说清楚这到底有一种什么“意义”。

李商隐的这句诗，就离别的背景来看，是一种“赋”；就触景生情来看，是一种“兴”；就借物寓意来看，是一种“比”，可谓兼赋、比、兴于一体了。然而就其本身来说，却只是一种任人寻绎的意象，我们可以从中体会到某种意味：东风无力，百花凋残，使人想到“无可奈何花落去”的叹息，这景物是凄迷的，情调是感伤的，它与上句伤别的感叹和下面几句相思的执着和痛苦，都处在一种若即若离的关系中，这种意味可以体会，却难以指实。它可以包容上述一切解释，却又不等于这些解释的总和，因为它还可以有别的解释，而事实也如此。

周汝昌解释此句说：“百花如何才得盛开的？东风之有力也。及至东风力尽，则百卉群芳，韶华同逝。花固如是，人又何尝不然。此句所咏者，固非伤别适逢春晚的这一浅层意，而实为身世遭逢、人生命运的深深叹惋。得此一句，乃见笔调风流，神情燕婉，令诵者不禁为之击节嗟赏。”[1]

刘学锴、余恕诚说：“‘东风’句亦隐隐传出作者对衰颓时世之感受。姚氏（姚培谦）谓‘此等诗似寄情男女，而世间君臣朋友之间，若无此意，便泛泛然与陌路相似，此非粗心人所知。’不谓其必有寄托，而言其情之可以相通，可谓得读此类诗一法。”[2] 从欣赏一面，指出“情之可以相通”这一点，可谓得其要领。作者惝恍其词，不实指其事，而具其情致；读者不必有其事，而可通其情，因而也可以根据自己的感受，从中读出属于自己的“意义”来。从这个角度看，这类诗的“意义”也就多得不可穷尽。

从李商隐的这句诗可以看到，句际组接关系产生的多义性，与诗句本身的意象性质也有密切的关系。意象的具体规定性愈小，则其涵括度愈大，多义性也愈显著；否则情形正相反。

[1] 《唐诗鉴赏辞典》，上海辞书出版社 1983 年版，第 1173 页。
[2] 刘学锴、余恕诚《李商隐诗歌集解》，中华书局 1988 年版，第 1467 页。

让我们再来看看温庭筠一首《菩萨蛮》的上片：

水精帘里颇黎枕，暖香惹梦鸳鸯锦。江上柳如烟，雁飞残月天。

“水精帘里颇黎枕，暖香惹梦鸳鸯锦”二句，写一位女子卧室的陈设气氛：水精的帘子，颇黎（玻璃）的枕头，显得晶莹皎洁而又略带一点冷色调；锦被上绣着鸳鸯，薰炉里香烟袅袅，既给寂寞的居室带来一种温馨的气氛，又惹人进入梦乡。女主人公躺在鸳鸯锦被里，这时也许已经入梦了，“鸳鸯锦”还暗示了梦的内容。接着“江上柳如烟，雁飞残月天”二句，却来了一个大幅度的跳跃，境界突变，而缺乏过渡的中介，后两句与前两句的相关性不明确，其含义也就难以确定。清人张惠言《词选》评注云：“‘江上’以下，略叙梦境。”他认为“江上”二句是承上句“惹梦”而写女子的梦境。后来同意他这种解释的人颇多。但是俞平伯先生认为张惠言把这两句指实为梦境，似乎太呆板，他提出另一种见解：

飞卿之词，每截取可以调和的诸印象而杂置一处，听其自然融合，在读者心眼中仁者见仁，知者见知，不必问其脉络神理如何如何，而脉络神理按之则俨然自在。譬如双美，异地相逢，一朝绾合，柔情美景并入毫端，固未易以迹象求也。即以此言，帘内之清秾如斯，江上之芊眠如彼，千载以下，无论识与不识，解与不解，都知是好言语矣。[1]

[1] 俞平伯《读词偶得》，开明书店 1947 年版，第 3 页。

这看法是很明通的。不必坐实为梦境，只需从两种意象的并列组接中去对照玩味，品尝得几分就是几分；“帘内之清秾如斯，江上之芊眠如彼”，都很美，别具一种意味，能领略就好，不必强作解人。对于这种诗，取这种态度也许是较为合适的。

不过张惠言的说法也未必全无是处，其缺点在于太执实。陈廷焯说：“‘江上’二句，佳句也。好在全是梦中情况，便觉绵邈无际。若空写两句景物，意味便减。”[1] 认定写梦，否则就成了空写景物，仿佛“只此一家”，说得更刻板了。

其实说“惹梦”，既可以是入梦，也可以是将梦而未梦；当此之际，神情恍惚，心旌摇摇，朦胧中如见江上柳色如烟、残月依稀和雁过长空的情景，而这些景物的情感内涵是不说自明的。那末“江上”这两句就是女子终日思念而产生的刹那之间的“意识流”现象。即或就梦境来说，似乎也可以作某种活解：闺中思妇“暖香惹梦”之际，也许正是江上旅人清晓梦破之时，则烟柳残月等景更足以触目生愁。陈廷焯《白雨斋词评》说柳永“杨柳岸晚风残月”的名句乃是“从此脱胎”，就涉想的轨迹说，也不无道理。换一个角度，如果说“江上”二句可以看作闺中思妇梦江上旅人，则“水精”二句，也未始不可看作江上旅人梦闺中思妇，不仅梦见其居室情景，而且梦见伊人睡思昏昏，又将闯入梦境。这样，句际的跳接就形成了时空的错综，以梦境的连环和迭现来表现男女双向的思念。……也许这样说下去真个近于“说梦”了。但不管如何，这两组情景之间，还是有一些意义的暗示“语码”，如“鸳鸯锦”“柳色”“雁飞”“残月”等，其伤离怨别的相思之情还是可以感受得到的。同时这里是以两句为一组跳接，增加了

[1] 陈廷焯《白雨斋词话》卷七。

一重句际关系，两句之间的相关义较为明确，其情景的规定性也较确定，这些与李商隐那句“东风无力百花残”的跳接关系有所不同，相对来说，温庭筠这两句词的多义蕴含度略小一些。例如人们不大可能从中体会到“身世遭逢，人生命运”之类的感慨意味。

（四）语境的多义

语境有广狭之分。缀词以成句，缀句以成篇，句对于词来说是语境，句际关系对于句来说也是语境；我们这里指的则是整篇的语境。语境通常有确定具体语言成分意义的作用，然而在诗歌中整体的语境却往往产生多义。有的诗单独地一句一句看，并不难懂，连成一片，构成完整的语境，却显得扑朔迷离，歧义纷出。李商隐的《锦瑟》算得这类诗的一个典型：

锦瑟无端五十弦，一弦一柱思华年。
庄生晓梦迷蝴蝶，望帝春心托杜鹃。
沧海月明珠有泪，蓝田日暖玉生烟。
此情可待成追忆，只是当时已惘然。

对于这首诗，北宋刘攽已说“人莫晓其意”（《贡父诗话》），黄庭坚读了也“殊不晓其意”（黄朝英《缃素杂记》），金代元好问则感叹“独恨无人作郑笺”（《论诗绝句》）。但越是读不懂，就越吸引人去读，解说纷纷，莫衷一是。要统计所有的解释几乎不可能，但无疑它是中国文学史上解释分歧最多的一首诗。[1]

[1] 刘学锴、余恕诚《李商隐诗歌集解》此诗的“笺评”部分，辑录了古今有代表性的一些阐释，可以参看。中华书局 1988 年版，第 1422–1438 页。

首先对于“锦瑟”的含义就有多种说法：有谓实写乐器，有谓借喻一位名叫“锦瑟”的侍女，有谓借以自伤身世，有谓托兴以悼亡，有谓如西洋诗人以竖琴喻诗歌，此亦借锦瑟以自抒诗歌创作心得，如此等等，言人人殊，都难以确定。这个阐释前提的分歧，直接导致对于关键的颔、颈两联的多元阐释，因而也产生了不同的结论。

这首诗的中间两联都是用典。每一个典故语汇都有其核心意义和衍生意义，用典是取其与作者意向相契的那一点，它可以是核心义，也可以是衍生义，不同的用法可以产生不同的意味。然而倘若作者的用意不明确，典故语义的指向性就显得模糊，其潜在的多义暗示就得以自由展开。例如“庄生晓梦迷蝴蝶”，用庄周梦蝶故事。它表达了一种物我同一的人生哲学，但又有人生如梦的意味，也有“栩栩然”的安适感，还有一种迷惘若失的意味，然而在这里是取哪一种意味呢？“望帝春心托杜鹃”，用蜀国望帝与臣子之妻私通，自惭去国，死后化为杜鹃啼血悲鸣的故事。这个典故有悲伤、亡国、执着而不能忘情等意义。“望帝春心”，这伤春之心，是感叹国势衰颓意义上的“伤春”，还是自伤年华的“伤春”，还是在悼惜感伤一段难以忘怀的“春情”？凡此均不能确指。又如“沧海月明珠有泪”，用南海鲛人泣泪成珠的故事。这自然含有以珍宝自喻的意思，而珍珠是眼泪所化，则又有悲伤之意；说“月明”，有“月满则珠全”之意，而“明月”又是一种宝珠之名；说“沧海”，则又有“沧海遗珠”之憾。如此等等，何所取义？“蓝田日暖玉生烟”，用蓝田山产玉的典故，古代又有神仙种玉的传说。唐代诗人戴叔伦还说：“诗家之景，如蓝田日暖，良玉生烟，可望而不可置于眉睫之前也。”[1] 这是一种朦胧优美而难以言传的境界。而美玉

[1] 司空图《与极浦书》,《司空表圣文集》卷三。

又可喻美人，“玉生烟”犹言“香消玉散”，指美人已亡故。蓝田生玉，还可喻生贵子，于是又可联想这位美人是死于生产。总之这一句有一种缥缈朦胧、可望而不可求的氛围，既可以比喻怀才不遇，如美玉沉埋，而辉光难掩；也可以比喻瑟声的一种朦胧意境；或者借以抒写对一位死者的追怀和怅惘之情。这一切都还不足以概括其潜在语义，你很难说作者认定哪一种含义，似乎感到同时兼有几种意义，你不能排除典故语汇的多向暗示，顾此失彼，莫知所从。

句际关系的不确定，对于语汇的多义趋向失去约束，尤其是中间两联用对偶的形式，句际的关联度极弱而联想度极强，对偶的时空跳跃和情景错综，打断了语序的线性流程，成为若断若连的点状序列，好像水面冰山，云中峰峦，只露出些许尖顶，底层的联系被遮掩起来了。

从作者的创作意图看，他似乎是有意显得朦胧，因为他所抒发的是一种不欲明言或不能明言的感情，“此情可待成追忆，只是当时已惘然”。作者一开始就不想说明白，也无法说明白。对于一种微妙难言的感情，用硬性的语言去强行表述，简直是一种亵渎。作者异常珍惜这种感情，他所用的几个典故，都带有梦幻般的神秘意味和朦胧色彩，而且有意不加意向限定，“听其自然融合，在读者心眼中，仁者见仁，知者见知”。这位天才诗人的这首千古绝唱，应该说达到了他预期的抒情效果。

把这种多义的朦胧美，一颗在暗中发光的珍珠，移置到亮处来，失去了朦胧，失去了多义，失去了光泽，也失去了这首诗。

明代诗论家谢榛说：“诗有可解，不可解，不必解。”[1] 像《锦瑟》

[1] 谢榛《四溟诗话》卷一。

这样的诗，似乎处在“不可解”和“不必解”之间，或者简直就是“不必解”的。

人总是喜欢追寻事物的“意义”，这对于科学是十分必要的；对于艺术，特别像对这类本身就难以明言的诗歌来说，却不必太认真。你只要感受和体味到那一种特有的芬芳气味和诱人情调就足以陶醉了，硬要孜孜求解，从字缝中找出什么“意义”来，就显得有点“非分”了。

梁启超坦白地承认对《锦瑟》这样的诗，“讲的什么事，我理会不着”，“但我觉得它美，读起来令我精神上得一种新鲜的愉快。须知美是多方面的，美是含有神秘性的[1]”。这是一种通达的态度，“不求甚解”，却真正含咀到诗的神秘之美。它使人想起庄子那个“象罔得珠”的寓言：

> 黄帝游乎赤水之北，登乎昆仑之丘，而南望。还归，遗其玄珠。使知索之而不得，使离朱索之而不得，使喫诟索之而不得也。乃使象罔，象罔得之。[2]

“玄珠”指玄妙之道。“知”指理智，“离朱”指视觉，“喫诟”指言辞。意谓凭理智、感官、言辞，都不能得玄妙之道。“象罔”则似有象似无象，恍惚朦胧，在有形与无形、有意与无意之间，如此乃能得玄妙之道。

求道如此，求诗亦然。

---

[1] 《中国韵文里头所表现的情感》，《饮冰室文集》之三十七。
[2] 《庄子·天地》。

体式

诗体及其表现风格

中国古典诗歌，如果从上古歌谣算起，最初大约是伴随短促的劳动节奏而产生的二言体短章，如反映渔猎生活的“断竹，续竹；飞土，逐肉”之类。至先秦，则发展为以《诗经》为代表的四言体。战国时，南方新兴的诗体“楚辞”，打破了《诗经》的四言定格，是一种句式参差的杂言体。汉乐府则由杂言而趋向五言，五言乃成为诗坛的定体。魏晋六朝，七言古体开始出现，而近体格律诗也随着声律的研究而孕育萌芽。到唐代则近体格律诗趋于成熟，传统的古体诗（包括五古、七古、乐府歌行等），也在原有的基础上得到充实发展，“诗至于唐而格备”[1]，这真是一个诗体

[1] 胡应麟《诗薮》内编卷一。

大备并取得辉煌成就的黄金时代。

诗体的大备和成熟，也促使诗体意识的自觉和强化。中国文学史上，最早提出文体观念的是曹丕。他在《典论 · 论文》中说：

> 夫文本同而末异。盖奏议宜雅，书论宜理，铭诔尚实，诗赋欲丽。此四科不同，故能之者偏也，唯通才能备其体。

他指出各种文体既有共同的基本原则，又有不同的表现特点。具体就各种诗体来说也是如此。唐代诗人虽然很少在理论上表述自觉的诗体意识，但他们通过创作实践，加深了对各种诗体特点的认识，根据各自不同的才性，扬长避短，各擅其胜。例如有的擅长古体，有的擅长近体；古体中又有擅五古或七古；近体中又有擅五律或七律、五绝或七绝者。如此等等，形成异彩纷呈、百花争妍的局面。由于各体均有不同的要求，故“能之者偏”。但是像杜甫这样的大家，则几乎兼擅众体，冠领群芳。元稹称许他“尽得古今之体势，而兼人人所独专矣”。[1] 后人尊杜甫为“诗圣”，在很大程度上正是就“集大成”这一点而言的。

明代诗论家胡应麟说：

> 文章自有体裁，凡为某体，务须寻其本色，庶几当行。[2]

诗人选择某一种诗体，必须适应和发挥这一诗体的特点，才能当

[1] 元稹《唐故工部员外郎杜君墓系铭并序》。《元氏长庆集》卷五十六。

[2] 胡应麟《诗薮》内编卷一。

行出色。例如五古庄重质朴，宜于严肃的主题，且有较强的叙事功能。杜甫的《三吏》《三别》《北征》《奉先咏怀》等“诗史”性的名篇，就是用的五古体。七古纵横排宕，抑扬顿挫，宜于表现激昂慷慨或复杂多变的情感和事态，能兼抒情和叙事于一体。李白最为擅长，如《梦游天姥吟留别》《宣州谢朓楼饯别校书叔云》《庐山谣寄卢侍御虚舟》《蜀道难》《行路难》等均是此体名篇。五律是唐代科举考试的诗体，规模简重，法度精严，要求无一字妄下。刘长卿擅此体，有“五言长城”之称，杜甫则是此体大家。七律畅达悠扬，纡徐曲折，极近体之妙。杜甫、杜牧、李商隐都是此体圣手。绝句体制短小，意求含蓄，语务从容。而五绝尚真切，质多胜文；七绝尚高华，文多胜质。王维擅五绝，李白、王昌龄擅七绝。以上是就大略而言，运用之妙，存乎其人。

胡应麟曾从诗体的角度比较李、杜的长短得失：“李、杜才气格调，古体歌行，大概相埒。李偏工独至者绝句，杜穷极变化者律诗。言体格，则绝句不若律诗之大；论结撰，则律诗倍于绝句之难。然李近体足自名家，杜诸绝殊寡入彀。截长补短，盖亦相当。”[1] 可见诗人的才性与诗体特点的适应关系，创作个性和艺术成就也最充分地表现在所擅长的诗体中。

不同的诗体对题材内容和表现风格有一定的制约性，同一诗人在不同的诗体中也会出现较明显的体性差异。例如李商隐用七律来抒写深幽隐约的感情世界，惝恍迷离，笔致极朦胧曲折之妙。但他在《行次西郊作一百韵》这首五古长诗中，描写从外地归京的途中见闻，怀抱对国事的一腔忧愤，谴责祸国殃民的当权者，夹叙夹议，大胆直率，

[1] 胡应麟《诗薮》内编卷四。

风格近于杜甫的《北征》。五古的体裁特点与表现内容显得十分合拍，而诗人的创作面影则与七律《无题》等诗中所显示的有显著的不同。杜牧是一位擅长近体的诗人，诗风潇洒俊逸，但他的五古长篇《感怀》，痛慨藩镇之祸，写得质朴激切，与他的近体风格迥然不同。这也是不同诗体的表现特点和要求而造成的风格差异。正如十八般武艺，各有各的用处，使起来也不一样。

通常某类题材适合于某种诗体，有一定之规，故作诗要相题择体。不可想象李商隐会用五古或七古来表现七律《无题》中的情思，而杜甫《北征》的内容也不可能为近体律绝所容纳。但是题材和诗体的关系也不是绝对固定的，有时也可以变通。例如杜荀鹤的《山中寡妇》：

夫因兵死守蓬茅，麻苎衣衫鬓发焦。
桑柘废来犹纳税，田园荒后尚征苗。
时挑野菜和根煮，旋斫生柴带叶烧。
纵是深山更深处，也应无计避征徭!

按照惯例，这类题材都用古体歌行来表现，作者却用了近体七律，可谓首创。但就气格来看，终觉局促，不如古体歌行那样放得开。

清初李渔用五古这种庄重的诗体来写洗澡这样的生活琐事，甚至形容洗澡的快感胜过夫妻同房[1]，可谓大胆出格之至。但是这种情况毕竟极为少见。

从总体来看，唐代所奠定的诗体，几乎成为定式，为后来历代所

[1] 李渔《新浴》云：“骤浴未甚适，徐浴始陶然。兰汤三沐后，颓然如醉眠。问我何所似？如与妇交欢。”见《笠翁一家言全集·笠翁诗集》卷一。

沿用，直到清末，都没有什么变化。

“词之为体，要眇宜修”

词形成于唐，盛行于宋，本是一种合乐的歌词，名“曲子词”，简称“词”。因句式长短不一，又名长短句；宋人视为诗之余绪，故又称“诗余”。从广义上说，它是诗的一种。但从这种体裁产生之时和后来很长一段时间内，许多人并不认为它是诗，“诗余”的名称就意味着它是诗剩余下来的一点东西，不能与诗平起平坐。清末的况周颐为推尊词体，另出新解：“诗余之‘余’，作‘赢余’之‘余’解”，“词之情文节奏，并皆有余于诗，故曰‘诗余’。”[1] 这就是说，“诗余”就是比诗的味道要多，把词置于诗之上，可谓用心良苦。但这种看法并无多少人理会。

现存敦煌曲子词，多数为无名氏之作，还保留着词体初创时期质朴俚俗的本色，题材内容也较为广泛。后来这种新体，引起文人的注意，加以改造和利用，成为一种娱宾遣兴的工具，其风格就发生了变化。五代后蜀赵崇祚编的《花间集》是第一部文人词的选集，欧阳炯的序说：“绮筵公子，绣幌佳人，递叶叶之花笺，文抽丽锦；举纤纤之玉指，拍按香檀。不无清绝之辞，用助娇娆之态。”点明了花间词产生的环境及其作用。从此以后，“词为艳科”的基本风格大致成型，而诗词的分界也泾渭分明。

词是一种娱乐的玩艺，所以不必那么认真、正经，凡在诗里不便吐露的某种隐秘的情感和微妙的心理，却可以在词里得到表现。在感情世界中划出私密性的一角给词，让深藏的情欲得以宣泄。对于身心

[1] 况周颐《蕙风词话》卷一。

都是一大愉快。所以一些名公巨卿虽然表面上看不起词，却又喜欢填词，他们的词与诗相比，简直判若两人。所谓“诗庄词媚”，视为当然。抒情对象的区别，导致体制风格的不同。例如那位以“红杏枝头春意闹”著称于世的宋祁，敢于在词中用“闹”这样的俗字，以致连力主新奇的李渔也为之不解[1]；但同是这位先生，作起诗文来却是另一副腔调。他曾与欧阳修同修《唐书》，特别爱用艰深的字眼儿。有一次欧阳修跟他开玩笑，在他墙壁上题词云：“宵寐匪祯，札闼洪庥。”宋祁猜了半天，才明白那意思是：“夜梦不祥，书门大吉。”便责问欧阳修何必故作艰深，欧阳修说：“你老兄在《李靖传》中把‘迅雷不及掩耳’写成‘震霆不暇掩聪’，不也是这样吗？”你简直难以想象这样一位酷爱艰涩的先生竟然会写出“红杏枝头春意闹”的句子来。但这也恰好说明词这种体裁在宋祁的心目中与正经的诗文不同，不过是一种游戏笔墨而已。此外，就情韵而论，诗词也有别。例如“无可奈何花落去，似曾相识燕归来”，是晏殊《浣溪沙》词中的名句，但这两句同时又见于他的一首七律（《假中示判官张寺丞王校勘》）。何以在词中成为名句，在诗中却不为人所知？清张宗棣《词林纪事》说：“细玩‘无可奈何’一联，意致缠绵，音调谐婉，的是倚声家语。若作七律，未免软弱矣。”又如“落花人独立，微雨燕双飞”，是晏几道《临江仙》词中的名句，却原来一字不改地抄自五代翁宏一首题为《残春》的七律。那么，又为什么这两句宜于词而不宜于诗？没有多少道理好讲，关键是情致韵味不同，放在词里整体和谐，放在诗里就不和谐。就像天生一副好嗓子，却不宜唱古典歌剧，而特别适合唱流行歌曲一样。

---

[1] 李渔《窥词管见》云：“若红杏之在枝头，忽然加一‘闹’字，此语殊难着解。争斗有声谓之‘闹’，桃李争春则有之，红杏闹春，予实未之见也。‘闹’字可用，则‘炒’字、‘打’字皆可用矣。”

王国维《人间词话》说：

词之为体，要眇宜修。能言诗之所不能言，而不能尽言诗之所能言。诗之境阔，词之言长。

“要眇宜修”出于《楚辞·九歌·湘君》：“美要眇兮宜修。”要眇，是美好的样子。宜修，是修饰得恰到好处。形容女子容德之美，即兼内外之美而言。王国维以“要眇宜修”来概括词体的特点，即指出词体的美学风格类似于柔婉细腻、内外悉称的女性之美。他认为词的取材范围不如诗之广阔，而抒情之曲折宛转、深细入微则胜于诗。这种概括正是从传统诗词的分界着眼的，他的意见具有相当的代表性。

然而词本身并非一成不变，“词至李后主而眼界始大，感慨遂深，遂变伶工之词而为士大夫之词”。[1] 词至苏轼则更起一大变化，变词人之词而为诗人之词，把词“诗化”了。陈师道说苏轼“以诗入词”，“虽极天下之工，要非本色”[2]；刘熙载则说：“东坡词颇似老杜诗，以其无意不可入，无事不可言也。”[3] 苏轼打破了自花间词以来的“艳科”局限，把“缘情”和“言志”结合起来，扩大了词的表现领域，提高了词的品格，改变了词风，在词坛别树一帜，另立一宗。虽然誉之者称他“指出向上一路，新天下耳目”[4]，批评的人却也不少，李清照就认为苏轼的词不过是“句读不葺之诗尔”。[5] 她坚持词“别是一家”的观点。从词体发展的眼光来看，李清照的观点虽然近于保守，但她强

[1] 王国维《人间词话》。
[2] 陈师道《后山诗话》。
[3] 刘熙载《艺概·词曲概》。
[4] 王灼《碧鸡漫志》卷三。
[5] 李清照《词论》。见《苕溪渔隐丛话》前集卷三十三所引。

调词体的传统特点，就像我们今天说“京剧姓京”“越剧姓越”一样，在继承和革新之间保持适度的张力，也未可厚非。南宋辛弃疾继苏轼之后，把词的改革又大大推进了一步，使词的艺术容量和抒情功能达到前所未有的高度。词与诗在意境和品格上已不复有广狭高低之分。这种诗词合流的倾向多见于所谓“豪放”派，而词的传统特色，则仍然为一些“婉约”派词人和词论家所坚持。

曲有“直体”

散曲是继词以后出现的一种新诗体。它产生于金、元时期，随着北方少数民族入主中原，粗犷的“胡乐”也流入中原地区。当时词已失去入乐的特点，成为单纯的吟诵诗体，为配合新的乐调，散曲这种新的歌唱诗体就应运而生了。所谓散曲，原是指分散的单只曲词，相对于有故事情节、有角色扮演的剧曲（杂剧）而言。散曲也称为“乐府”，是就合乐的特点说的；又称为“词余”，则是指它承词之后产生而言，但也含有等而下之的意思。

散曲有南北之分，北曲产生于北方中原一带，即通常所称元散曲；南曲产生于宋代，但流行较晚，文人填写的南曲始见于元中叶以后，而勃兴于明代。南北曲体制不同。一般讲散曲，主要指北散曲。

散曲在艺术形式上较诗词显得自由和灵活，例如用韵可以平仄通押，不避重韵，可以加衬字，甚至还能增减句数等。在艺术表现上的一个特点是大量运用口语，以俗为雅，显得活泼新鲜，生动别致。叙事抒情则以酣畅淋漓、直率刻露见长。这与诗词讲究含蓄蕴藉大异其趣。

清人陈栋《北泾草堂曲论》云：

> 夫曲者，曲而有直体。本色语不可离趣，矜丽语不可入深。

名曰“曲”，其体式特点却要“直”；用语贵本色天然，重趣味，即使说正经话、用修饰语，也不可显得刻板和深奥。

清人李渔《窥词管见》云：

> 诗有诗之腔调，曲有曲之腔调。诗之腔调宜古雅，曲之腔调宜近俗，词之腔调在雅俗相和之间。

所谓“腔调”，即指语言风格。诗宜雅炼，曲尚通俗，词则上不似诗，下不类曲，介乎二者之间，宜一种雅俗共赏的清词丽句。试以三首同一题材不同体裁的作品为例：

> 枫叶千枝复万枝，江桥掩映暮帆迟。
> 忆君心似西江水，日夜东流无歇时。
>
> ——〔唐〕鱼玄机《江陵愁望有寄》
>
> 红藕香残玉簟秋，轻解罗裳，独上兰舟。云中谁寄锦书来？雁字回时，月满西楼。　花自飘零水自流。一种相思，两处闲愁。此情无计可消除，才下眉头，却上心头。
>
> ——〔宋〕李清照《一剪梅》
>
> 寂寞几时休？盼音书天际头。加人病黄鸟枝头，助人愁渭城衰柳。满眼春江都是泪，也流不尽许多愁！若得归来后，同行共止，便是牡丹花下死，做鬼也风流！
>
> ——〔元〕珠帘秀《玉芙蓉》

三位作者都是女性，都是抒写离别相思之情，但表现风格有明显区别。在诗里是借比兴以表现绵绵无尽的相思，措语雅致，绰有风调。在词里则通过环境的烘染，对相思的情思和心理作了生动细腻的描写，用语新巧，而不流于浅露。在散曲中则直抒离愁，渴望欢聚，大胆泼辣，淋漓尽致。这种不同的特点，不仅是抒情个性的差异，也是不同体裁的表现风格的区别。所谓当行本色，正谓此类。

元代散曲大体上可以元成宗大德四年（1300）为断，分为前后两期。前期的创作中心在大都（今北京），后期的创作中心在临安（今杭州）。在创作风格上，则有所谓“本色派”和“清丽派”之分。大致上前期北方作家以“本色派”为主，后期南方作家则以“清丽派”为宗。“本色派”民间色彩较浓，曲风豪爽泼辣，带有一股“蒜酪味”，最能体现散曲的特色和价值。“清丽派”则典雅清新，风格接近诗词，逐渐失去散曲的本来面目。明清以来文人创作的散曲，基本上继承了“清丽派”的余风，诗词化的倾向愈来愈甚，只有少数作家例外。

宋词和元曲发展过程中的诗化倾向，带有某种共同性的轨迹。诗在中国封建社会是一种受人尊崇的文体，《诗三百》被抬到儒家经典的地位。“诗言志”“文载道”，二者并驾齐驱，不分轩轾。而词曲则被视为不登大雅之堂的“小道”，直到清代四库馆臣在撰写总目提要时还说：“词曲二体，在文章技艺之间。厥品颇卑，作者弗贵。”[1] 一些文体意识较强的词曲作者，虽然重视词曲的特点，却还不敢以之与正统的诗文分庭抗礼。就多数人来说，不过是在诗文之余，借词曲之体聊以遣兴、一试才华而已。正如吃腻了大鱼大肉，也来尝尝野菜山蔬，换换口味一样。而从体分尊卑的传统观念出发，愈是瞧不起词曲，也就

[1]《四库全书总目提要》卷一九八，集部词曲类序。

愈要向诗靠拢，借以提高身价。同时历史悠久而位居正统的诗体，也有一种巨大的传统引力，足以吸引词曲，使之同化。此外，长期以来文字与口语分家，诗的语言又有意与口语保持距离，这也可能是促使词曲脱离初始的民间通俗本色而日趋雅化和诗化的一个因素。

词曲作为广义的诗，无疑具有与诗共同的抒情性质和表现规律。但作为一种独特的诗体，则自当尊重和发挥它们固有的特色，而不应以共性来吞没个性。今天我们重新审视中国古典诗歌史，必须彻底打破体分尊卑的陈腐之见，确立新的评价准则，肯定诗体的多元价值趋向，这对于发展新体诗也有重要的意义。

中国古典诗歌已有三千年的历史，而现代新诗，诞生至今不过七十来年。二者从时间上简直不能相比，新诗迄今尚未形成富有特色的体式，也就不足为奇了。后之视今，犹今之视昔，我们不要以古例今，有意无意地重犯体分尊卑的历史痼疾。在新诗的体式问题上曾经有过一些理论性的探讨，却未取得一致的意见。这基本上是一个实践的问题，但也有取得共识的必要：新诗与传统究竟有没有联系？新诗在发展过程中有没有必要回顾传统？

历史已经消逝了，却又仍然存在着；诗的历史也是如此。发展是否定和肯定的统一，简单的抛弃并不是辩证的否定。一个民族的诗歌，既然有这么悠久的历史，就无法割断。历史本身具有筛选的时间效应，它会把优秀的传统因子赐给现在和播向未来，问题在于人们是否能自觉地把握历史的发展逻辑，能否主动地去接受历史的慨然赐予。

今天，恢宏的世界文化眼光和清醒的民族历史意识应该统一起来。否则无以言创造，亦无以言发展。

1990 年榴花开时写于杭州

后记

《中国诗学》，这是一个很大的题目，按照我的学力，本难以胜任；只不过因为向来对于这个题目有较浓厚的兴趣，也多少有一些想法，希望把它写出来罢了。至于写得不深不透，自是意料中事。

中国是一个诗的国度，一部诗史，何等丰富多彩！相对来说，诗学理论的研究却比较薄弱。诗话之类的著作虽然不少，零金碎玉，也自有其价值，但大多不成系统，严格意义的诗学论著并不多见。近现代以来，这方面的研究得到重视，尤其是诗学分支的专题研究成绩较为显著，但综合性的整体研究仍显得不足。早期的几种已简略陈旧，新著又很少问世；近年听说海外学人有关于中国诗学的专著出版，却只见过刘若愚先生的一种，颇受启迪。各人的思路、方法有所不同，所见也不尽一致。然而对于这样一个大题目，正不妨从多方面进行探究，庶几较能窥其全貌。

六十年代初，我曾从先师夏瞿禅（承焘）先生受诗词之学，略窥门径而已。中经十年内乱，学殖荒落，近十余年来，又复从事《汉语大词典》的编纂和古籍整理编辑工作，很少有时间和精力来研究素所喜爱的诗学。这本小书是在老友叶秀山兄的提议和鼓励下完成的，又承他惠序，感谢之至！这本东西，考虑的时间较长，动笔却不过一个半月，其间因病因事，又曾多次中断。原计划还有《诗的渗透》和《诗的欣赏》两章，因为这套丛书在篇幅上有所限制，而所写已溢出篇幅，故只得放弃。今后如有机会，也许可以补入。

吴战垒

1990 年盛夏于杭州